굿바이 세일 따윈
필요 없어

굿바이 세일 따윈 필요 없어

초판 1쇄 발행 2018년 06월 25일
초판 3쇄 발행 2019년 10월 25일

지은이 클로에 콜스
옮긴이 여채영

총   괄 모계영
편 집 장 이은아
책임편집 민가진
편   집 조정우, 한지영
디 자 인 강미서
마 케 팅 구혜지, 한소정

펴낸이 한혁수
펴낸곳 도서출판 다림
등   록 1997. 8. 1. 제1-2209호
주   소 07228 서울시 영등포구 영신로 220 KnK 디지털타워 1102호
전   화 (02) 538-2913 | **팩   스** (02) 563-7739
블로그 blog.naver.com/darimbook
다림 카페 cafe.naver.com/darimbooks
전자 우편 darimbooks@hanmail.net

ISBN 978-89-6177-170-2 43840

이 도서의 국립중앙도서관 출판예정도서목록(CIP)은 서지정보유통지원시스템 홈페이지(http://seoji.nl.go.kr)와
국가자료공동목록시스템(http://www.nl.go.kr/kolisnet)에서 이용하실 수 있습니다.(CIP제어번호: CIP2018017578)

이 책 내용의 일부 또는 전부를 사용하려면 반드시 저작권자와 도서출판 다림의 서면 동의를 받아야 합니다.
책값은 뒤표지에 있습니다.

굿바이 세일 따윈 필요 없어

클로에 콜스 장편 소설
여채영 옮김

다림

난 인생 대부분을 서점에서 보냈다. 정말 그곳에서 성장한 것이나 다름없다. 열여섯 살이라는 어린 나이에 처음으로 서점에서 일을 시작했다. 그땐 평범한 헤어스타일에 치아 교정기를 하고, 생전 처음 들어 본 작가 이름을 인터넷으로 몰래 찾아보면서, 필독 고전에 대해 잘 아는 척했다. 그 후로 많은 일이 있었다. 내 평생 가장 소중한 친구를 얻었고, 연애도 하고 실연도 했으며, 교정기도 떼어 냈다. 다른 도시에서 대학도 졸업했다. 하지만 난 여전히 눈을 굴리는 버릇을 고치지 못했고, 다시 사랑에 빠졌으며, 어린 시절 영웅들을 만났다. 서점 손님들의 진지하고도 특이한 요청을 받아들여, 또 내 책이 서점에 진열된 모습을 보면 어떤 기분일지 몇 번이고 상상해 보면서, 뭔가 쓰기로 했다. 이 책은 서점에서 일하는 십 대 소녀의 이야기이며, 우리의 목소리와 우리 곁의 소중한 사람들에 관한 이야기이다. 재미있게 읽어 주길 바란다.

차례

비둘기 가슴

지각이다. 그렇다고 뛰진 않는다. 사실 한평생 뛰어 본 적이 없는 것 같다. 난 학교에서 오래달리기나 수영 수업을 피해 다니느라 많은 시간을 허비했다. 심지어 6학년 때는 천식에 걸렸다며 체육 시간에 제대로 참여하지 않았다. 다행히 내 말이 그럴듯하게 들린 게, 진짜 천식이 있는 애들도 항상 나를 앞질렀다.

그래, 뭐 어쨌든, 지금 난 뛰진 않지만 서두르긴 한다.

오늘은 원래 쉬는 날이다. 토스트 열두 장, 초코바 한 상자를 갖다 놓고 넷플릭스로 60년대 걸 그룹 샹그릴라의 〈그레이티스트 히트 송〉을 100만 번 돌려 봤다. 그 완벽해 보이는 메이크업과 헤어스타일에 두 시간 동안 영감을 받아 앞머리를 자르고 있는데 나의 보스, 토니한테 연락이 왔다.

전화를 스피커 모드로 바꿔 놓고, 난 내 할 일에 집중했다. 공지할 내용이 있다고 했나, 직원 교육이 있다고 했나. 암튼 서점에 출근해 달라는 토니의 말에 그러겠다고 했다. 아무리 봐도 앞머리가 똑

바르지 않은 것 같아 여러 번 가위질했고, 지금은 베티 페이지 스타일은커녕, 머릿니를 잡느라 마구 난도질한 머리가 됐다.

서점이 있는 시내로 가느라 땀을 뻘뻘 흘리며 언덕을 넘는데, 앞머리가 벌써 이마에 찰싹 달라붙었다. 가는 길에 홀리네 집이 있다. 아직 좀 더 가야 하지만, 거의 다 왔다고 홀리에게 문자를 보냈다. 물론 홀리는 내가 늦을 거란 걸 안다. 난 항상 늦는 애고, 홀리는 앞니 사이에 맥도날드 빨대를 끼울 수 있는 애다.

여름날 오후, 그레이스워스 시내의 텅 빈 상점 거리를 플립플롭을 신은 사람들이 지나다닌다. 웃통을 벗은 남자애들 몇 명이 마치 커다란 갓난쟁이처럼 빨대 꽂은 물병을 물고서 두 손을 놓고 자전거를 타고 있다. 난 대형 마트 창문 앞에서 소변을 보는 한 남자를 지나쳤다. 그곳은 살짝 오르막이어서, 소변이 다시 그 남자 신발 쪽으로 흘러내렸다.

푹푹 찌는 대로를 터덜터덜 걷고 있는데, 누군가 "어이, 몸매 죽이는데!"라고 하는 소리가 들렸다.

시끄러운 녀석 둘이 탄 흰색 승합차가 돌진하고 있었고, 조수석에 앉은 놈이 차창 밖으로 얼굴을 내밀어 혀를 날름거렸다. 진짜 개처럼 보였다. 난 당황스러워 얼굴이 화끈거렸다.

2개월 전, 베넷 서점에서 일을 시작하면서, '여성학' 코너의 모든 책을 읽어 보리라 굳게 다짐했었다. 이제는 길거리에서 남자가 여자 외모에 대해 이러쿵저러쿵 떠드는 것이 칭찬이 아니라, 실은 노상 성희롱이라는 것을 안다. '몸매 죽이는데!'라니. 정말 어이가 없다.

이런 일을 당하니 생리혈이 부글부글 끓어올랐다. 홀리를 만나고 나서도 진정되지 않았다.

"홀리, 성차별과 여성 혐오를 일삼는 인간들을 절인 양파 맛 과자 봉지로 입을 틀어막아 질식시키는 게 나을까, 아니면 걔들이 탄 흰 차 창문에 생리대를 집어 던지는 게 나을까?"

"뭐? 누구? 무슨 얘기야?"

난 좀 전에 겪은 불쾌한 일을 절친에게 전했다. 홀리는 내게 다가와 팔짱을 끼며 말했다.

"대체 걔들은 무슨 생각인 거지?"

홀리가 '끙' 소리를 내며 말을 이었다.

"정말 지긋지긋하다. 어쩜 이렇게 한결같은지. 걔들은 우리가 이런 일을 얼마나 지겹도록 당했는지 모르는 걸까? 찰리랑 그 떨거지들이 6년 내내 날 '비둘기 가슴*'이라고 놀렸던 거 기억하지?"

"응, 그럼."

찰리를 떠올리니 다시 분노가 일었다.

"걔가 지 가슴팍을 손바닥으로 문질러 대면서 너한테 〈컴 플라이 위드 미〉를 불렀었지. 아까 걔들은 부끄러운 줄 알아야 해. 상상력이 한참 더 바닥이잖아."

홀리가 넌더리 치며 말했다.

"그런 애들한테는 과자 봉지도 아까워. 그냥 화장실에 버릴 생리

---

* **비둘기 가슴** 영미권에서 가슴이 작은 여성을 이르는 비속어

대를 확 던져 버려야지!"

빙긋 웃고 있는데, 홀리가 내 앞머리를 쳐다봤다.

"너무 이상한 거 알지?"

난 민망해서 조금이라도 길어 보이게 앞머리를 부드럽게 쓸어내렸다.

"아니, 그냥 좀 짧은 것뿐이야. 그리고 이건 다 베넷 때문이야. 앞머리 자르는데 토니한테 전화가 왔거든."

"근데 토니 너무 지친 목소리였어. 그치?"

"흠, 무슨 일 있나?"

도심 재개발의 희생양

베넷에 도착했다. 밀턴킨스에 하나밖에 없는 서점이다.

베넷에 들어선 순간, 우리는 홀가분하게 어디로든 떠날 수 있다. 우리가 구질구질한 동네 그레이스워스에 산다는 걸 생각할 필요 없다. 이상한 앞머리에, 이따금 여드름이 분출하는 열여섯 살 소녀라는 사실도 신경 쓸 필요 없다. 그저 우리는 다른 누군가의 모험을 만끽하면 된다. 다른 누군가의 세상 속에 머물면 된다.

베넷에서는 먼지 낀 낡은 나무 서가 냄새와 새 책 냄새가 동시에 풍긴다. 이 냄새는 주유소 기름 냄새, 새 신발 상자 냄새와 함께 내가 좋아하는 냄새 베스트 10위 안에 든다. 베넷은 어둑어둑하고 시원하며, 시끄러운 대도시와는 다른, 멋진 오아시스다. 게다가 오늘은 '직원 교육 시간' 때문에 영업이 일찍 끝난다. 브리짓이 오늘의 마지막 손님을 정중하게 응대하는 동안, 홀리와 난 미로 같은 서가를 지나 직원 사무실이 있는 위층으로 향했다.

"애덤, 안녕하세요."

내가 좋아하는, 베넷의 직원 애덤에게 조용히 다가가 인사를 건넸다.

"어, 페이지 왔니? 여기 앉아."

애덤이 자기 옆에 있는 플라스틱 의자를 톡톡 두드렸다.

"잘 지내지?"

"그럼요. 근데 좀 이상하네요……."

난 사무실에 모인 동료들이 하나같이 긴장한 이유를 알아보려 했다.

"애덤도 별일 없는 거죠?"

애덤이 코를 찡긋하곤 눈을 감으며 말했다.

"그래. 그래야지."

커피 테이블 위에 디저트 케이크가 놓여 있었지만, 아무도 손대지 않았다. 보통 공짜 케이크는 2초면 사라지는데, 대체 다들 무슨 일이지?

"잠깐만요!"

홀리가 내가 앉아 있는 작은 플라스틱 의자에 간신히 끼어 앉으며 말했다. 그러고 나서 힐끗 토니를 쳐다봤다. 마치 학교에 온 기분이었다. 우리가 1인용 의자에 가까스로 끼어 앉았다는 사실을 임시교사에게 들키지 않았으면 했다. 홀리는 애덤에게 물었다.

"우리, 무슨 일 있는 거죠?"

"나도 잘 모르겠구나."

애덤은 홀리와 내게서 시선을 옮겨 한 양복 입은 남자를 쳐다봤다. 남자는 토니가 사람들이 모두 모인 걸 확인해 주자 고개를 끄덕하고는 말문을 열었다.

"자, 여러분 모두 잘 아시겠지만, 저는 베넷 서점 미들랜드 지부 담당 매니저 믹 모건입니다."

난 이 사람을 '완전' 처음 본다. 생판 처음. 이런 생각을 마음속으로 했으니 망정이지, 입 밖으로 꺼냈다면 '완전'이라는 말을 잘못 갖다 붙였다며 아마 애덤한테 '완전' 혼났을 거다.

토니는 팔짱을 낀 채, 사무실의 닳고 닳은 파란 카펫을 내려다봤다. 불안한 기색이 역력했다.

"여러분께 안타까운 소식을 전하게 되어 유감입니다. 저는 본사의 결정 사항을 말씀드리기 위해 이 자리에 왔습니다. 모든 내용을 전한 뒤, 마지막에 여러분께 질문을 받고 성실히 답변하겠습니다."

서점 동료들은 근심 어린 표정으로 자리를 고쳐 앉았다. 홀리는 내 왼쪽 팔꿈치를 꽉 쥐었고, 애덤은 숨을 한 번 깊게 내쉬었다.

"잘 아시다시피, 최근 몇 년 동안 그레이스워스 지점은 영업 실적이 저조합니다. 직원 여러분의 노고와 본사 차원의 다양한 고객 만족 서비스 제공에도 불구하고, 당 지점은 실적 개선에 실패했습니다."

그래. 우리는 실패했다. 아아, 분위기 별론데.

"시내 건물주들은 기존 상가를 철거한 뒤, 이곳을 '문화·예술 복합 상업 지구'로 재개발하기를 바랍니다. 이런 상황에서 본사는 현실적으로 당 지점이 고가의 임대료를 감당하며 영업을 지속할 여력이 없을 것으로 판단했습니다. 이에, 매우 유감스럽게도, 베넷 그레이스워스 지점 폐점을 결정했습니다.”

젠장!

“본사에서 직원 여러분께 개별적으로 법정 퇴직금 명세서를 보낼 것입니다. 그레이스워스 지점은 앞으로 4주간 운영되며, 이 기간에 여러분이 구직 활동을 할 수 있도록 연차 사용을 보장할 것입니다.”

뭐 4주라고? 그게 다야?

니키가 울음을 터뜨렸다. 니키의 그 큰 눈에 눈물이 그렁그렁하고 입꼬리는 축 처졌다. 애덤은 자신의 낡은 운동화만 내려다봤다. 브리짓은 무척 곤혹스러워하는 믹 모건 씨를 노려보았고, 토니는 담배를 꺼내 물었다.

“여러분, 정말 유감입니다. 안타깝게도, 저희가 할 수 있는 일이 없었습니다.”

뭐? 할 수 있는 일이 없었다?

우리는 이제 어쩌라고? 어쩜 이래!

“여러분 못지않게 저도 이런 상황이 힘듭니다. 또다시 폐점을 지켜봐야 해 무척 안타깝습니다. 우리는 그저 도심 재개발의 희생양일 뿐이죠.”

우리 지역의 담당 매니저라는 사람은 이렇게 말하고 고개를 내저었다.

도심 재개발의 희생양. 이 말이 사람들로 꽉 찬 사무실의 답답한 공기 중에 맴돌았다. 나는 입을 앙다문 토니를 바라봤다.

토니는 베넷에서 가장 오래 일했다. 분명 애덤이 내게 토니가 이곳에서 근무한 지 20년 가까이 된다고 했다. 그건 내가 가늠하기도 어려운 시간이다. 토니는 내가 살아온 날보다 더 오랜 세월을 베넷에서 일한 것이다. 내가 생일 파티를 하거나 놀이 공원에서 놀다 젖니가 빠졌을 때에도 토니는 이곳에 있었다. 내가 처음으로 다리털을 밀었을 때에도 토니는 이곳에 있었다. 내가 치아 교정을 한 3년 동안에도 토니는 이곳에 있었다. 베넷이 사라지는 것은 토니가 사라지는 것이나 마찬가지다.

토니는 항상 기분이 안 좋아 보였다. 내가 베넷에서 일한 두 달 동안, 토니는 내게 두 마디 이상 말을 건넨 적이 없다. 하지만 토니는 홀리와 내게 일자리를 준 사람이다. 서점 경영이 어려워지면서 토니가 험상궂은 트롤이 됐을지도 모르겠다.

"담배 좀 피워야겠어."

브리짓이 믹 모건 씨가 전한 소식 때문에 충격에 휩싸인 직원 사무실을 나서며 말했다. 니키가 눈물에 폭 젖은 휴지에 다시 코를 풀며 제안했다.

"우리 모두 차 한잔해야 할 것 같은데, 브릿지 카페 가실 분?"

믹 모건 씨는 지금이 이곳을 뜰 기회다 싶은지 안도하는 표정이었다. 그러고는 다른 사람들처럼 곧장 자기 짐을 챙겼다.

나는 동료들의 우울한 얼굴을 보고 더는 참을 수 없었다. 뭔가 말해야 했다.

"우린 베넷이 폐점되는 걸 막아야 해요!"

서점 얼간이들

믹 모건 씨가 날 내려다보며 짜증스레 물었다.

"근데 누구시죠?"

"제 이름은 페이지예요."

"아, 페이지 터너*양이군요! 근무자 명단에서 이름을 봤을 때, 분명 가명일 거라 생각했는데!"

내 인생이 유치한 시트콤이라면, 지금이 내가 일시 정지 버튼을 눌러, 등장인물을 모두 그 자리에 얼어붙게 하는 순간일 것이다. 믹 모건 씨는 그 희극적인 장면 한가운데 있고, 홀리는 내가 이미 골백번도 더 들었던 말을 다시 한 번 참고 들어 주는 것을 보며 움찔할 것이다.

그래, 내 이름은 페이지 터너다. 하지만 처음부터 이 이름이었던 건 아니다. 우리 부모님이 그렇게 진인하진 않다. 엄마 아빠가 행복

---

* **페이지 터너** 연주회 등에서 연주자의 악보를 넘겨 주는 사람, 또는 그 행위를 가리키는 말. 책장을 넘기기 바쁠 정도로 흥미진진한 책을 가리키기도 한다.

한 결혼을 하고 내가 태어났을 때, 내 이름은 페이지 캠벨이었다. 하지만 내가 열세 살 되던 해, 엄마는 아빠가 같이 일하던 여자와 6개월 동안 바람피운 사실을 알게 됐고, 두 분은 이혼했다. 나는 전적으로 엄마 편이었기 때문에, 연대의 의미로 결혼 전 엄마의 성인 '터너'로 성을 바꿨다. 이름이 우스꽝스러워진다는 걸 알았지만, 난 엄마를 위해 그렇게 했다. 또다시 그런 결정의 순간이 온다고 해도 난 지금과 똑같은 선택을 할 거다. 믹 모건 씨 같은 사람들한테 한평생 싱거운 농담을 들어야 하겠지만.

곧 직장에서 내쫓게 생긴 우리 동료들과 믹 모건 씨는 서점 출입문으로 향했다.

모든 도시에 신발 할인점과 거리에서 공연하는 사람이 있듯, 모든 도시에는 베넷 서점이 있다. 우리 도시에서 베넷이 사라진다면, 신발 할인점도 버스킹도 사라질 것이다.

"베넷의 출입문을 걸어 잠글 수는 있어도, 폐점시킬 수는 없을 거예요."

"그래요! 페이지 말이 맞아요."

홀리가 커피 테이블 위의 디저트 케이크를 가방에 챙겨 넣으며 내 편을 들어 줬다. 믹 모건 씨는 이런 상황이 불편한 듯 인상을 썼다.

"누군가 뭐라도 해야 해요. 우리가 뭐라도 해야 해요!"

난 발을 구르며 단호하게 말했다. 진짜 발을 '쿵' 하고 굴렀다.

"그래. 그 누군가가 우리가 될 수 있겠지. 우리가 뭘 하면 좋을까?"

애덤이 웃으며 내 말을 받아 줬다. 애덤과 난 서로 잘 통하는 직장 동료다. 베넷에 처음 출근한 날부터 난 애덤과 '친구'가 되기로 했다. 우린 60년대 여성 밴드에 대한 사랑을 계기로 친해졌다. 애덤은 내게 카운터에서 계산하는 법을 가르쳐 줬고, 내가 마주하게 될지도 모를 이상한 손님에 대해서도 미리 알려 줬다. 또 멋진 곡을 CD에 담아 가져오기도 했다. 우리는 함께 근무할 때마다 아주 오래된 스피커로 그 CD를 듣곤 했다.

서점 출입문 밖에 다들 모여 있는데, 브리짓이 다가와 한쪽 팔을 높이 들어 올리며 말했다.

"분노에 찬 서점인 회의를 소집합니다! 늘 가던 브릿지 카페로 오세요. 전 담배가 필요해서 먼저 갈게요. 많이들 참석해 주세요."

브리짓이 우리 앞을 지나 편의점으로 발걸음을 옮겼다. 브리짓의 곧게 뻗은 회색 단발머리가 곧 시야에서 사라졌다.

믹 모건 씨가 눈썹을 치켜세우며 토니에게 이야기했다.

"행운을 비네, 친구."

토니가 몹시 불편해 보였다. 토니와 믹 모건 씨는 결코 친구 사이가 아님을 확실히 느낄 수 있었다. 토니가 (쉰 살은 더 어려져) 페이스북을 한다 해도, 믹 모건 씨의 친구 신청엔 응답하지 않을 거다.

"여러분도 행운을 빕니다. 문의 사항이 있으면 제 이메일로 연락해 주시기 바랍니다."

믹 모건 씨가 우리를 향해 두꺼운 손을 흔들며 떠났다.

엉뚱한 사람한테 화풀이해선 안 된다는 걸 잘 알지만, 난 매해 여름마다 가지고 노는 초강력 물총으로 믹 모건 씨를 쏘는 상상을 했다. 나야 물총이지만 토니는, 어쩌면 애덤도 저 남자의 살찐 등을 향해 진짜 총을 겨누는 상상을 했을 거다.

우리가 우두커니 서 있는 동안, 토니가 서점의 구식 철제 셔터를 내렸다. 길 건너 스포츠 용품 가게에 설치된, 버튼만 누르면 되는 셔터와는 다르다. 셔터가 아래로 다 내려올 때까지, 빅토리아 시대 스타일의 손잡이를 잡고 돌려야 한다. 꽤나 수고스러운 일이다. 토니는 불을 붙이지 않은 담배를 입에 물고서 땀을 흘렸다.

이 근처에서 새 직장을 알아볼 생각을 하니 걱정이 됐다. 넉 달 전 정리 해고를 당한 엄마는 아직 새로운 일자리를 찾지 못했다. 난 일을 해서 대학 갈 때 필요한 돈을 모아야 한다. 학자금 대출을 받겠지만, 그 돈으론 집세만 겨우 감당할 수 있을 거라고 들었다. 이 동네에서 영원히 살 수는 없다. 그런데 일자리를 구하지 못하면, 결코 이곳에서 벗어날 수 없을 거다. 토니가 셔터와 씨름하는 동안, 난 시내의 텅 빈 상점들을 흘끗 쳐다봤다. 여긴 아무것도 없다.

남자애 몇 명이 셔츠는 벗어 허리춤에 묶고 축구 유니폼 반바지만 입은 차림으로 낄낄거리며 우리 앞을 성큼성큼 지나갔다. 그중 등에 여드름이 난 녀석이 두 손을 모아 입에 대고 소리쳤다.

"서점 얼간이들!"

좀 웃겼다. 심지어 토니도 웃었다. 그 바람에 토니가 물고 있던 담배가 셔터와 땅바닥이 닿는 곳에 떨어졌다. 비가 오지 않을 때도 항상 축축하게 젖어 있는 지저분한 데다. 우리는 토니가 저 담배를 주워 다시 입에 물면 어쩌나 불안한 마음으로 토니를 주시했다. 저런 곳에 떨어진 음식이나 담배를 먹거나 피우는 건 절대 용납할 수 없다. 3초 규칙은 적용되지 않는다. 저긴 너무 더럽다. 그런데 토니는 땅바닥에 떨어진 담배를 다시 주우려는 것 같았다.

그때, 무슨 소리가 들렸다. 유리창을 두드리는 소리였다. 쇼윈도에 누군가 있었다. 서점 안에 누군가 갇힌 것이다.

"오, 세상에! 대체 이게 무슨 일이야!"

토니가 미친 듯이 셔터를 다시 감아올리는 동안, 쇼윈도 안에 있던 사람이 유리로 된 출입문 쪽으로 움직였다.

셔터가 올라가면서 서서히 커다란 두 발이 보였다. 흰색과 분홍색 페인트가 흩뿌려진 아주 낡은 신발을 신고 있다. 발목이 가늘고 다리가 엄청나게 길다. 그리고 한쪽 무릎이 찢어진 블랙 진을 입었다.

홀리가 킥킥대고, 애덤이 혀를 찼다. 난 두 사람이 좀 조용히 해주길 바랐다. 뭔가 큰일이 벌어질 것 같은데, 아직 그게 뭔지는 모르겠다.

지금 내가 입을 쩍 벌리고 있다는 걸 잘 안다. 하지만 이 셔터 뒤, 곧 드러날 존재에게서 난 눈을 뗄 수 없다.

셔터 손잡이를 돌리던 토니가 애덤에게 도움을 청했다.

"본사에서 우리에게 주는 시련이 아직 끝난 게 아니군. 실적이 부진한 지점은 아무렴, 이런 일을 낭해야지!"

토니는 이제 중얼대지 않고, 큰 소리로 불만을 토했다. 토니의 이마에 땀이 맺혔다.

셔터가 점점 올라갈수록, 내 기대도 점점 커졌다.

유리문 뒤에서 모습을 드러낸 소년은 주변에서 흔히 마주치는 그런 이상한 애가 아니었다.

소년은 좀 잘생겼다. 아니 사실, 아주 몹시 잘생겼다. 키가 크고 어깨가 살짝 구부정했으며, 어둡고 숱이 많은 머리가 길지도 짧지도 않았다.

토니가 출입문을 열며 다그쳤다.

"지금 여기서 뭐 하는 거냐?"

"아, 죄송해요. 책을 보고 있었어요. 영업이 끝난 줄 몰랐어요."

소년이 대답한다. 시간이 멈춘 것만 같다.

소년은 머리카락이 눈에 닿자 한 손으로 머리카락을 쓸어 넘겼다. 다른 한 손에는 커다란 하드커버 책을 쥐고 있었다.

에곤 실레에 관한 책이었다. 오, 이런! 독특한 화풍의 누드 화가잖아. 내가 얼마나 에곤 실레의 초상화를 좋아하는지 소년에게 말하고 싶었다. 크리스마스 전에 수강한 파커 선생님의 미술사 수업에서 이 화가를 주제로 내가 썼던 에세이에 관해 말하고 싶었다. 아주 오래전 작품이지만, 전혀 시대에 뒤떨어져 보이지 않는다고, 탁월한 묘사가 여전히 멋지지 않으냐고 말하고 싶었다. 난 정말로 그렇게 말하고 싶었다. 그리고 대체 넌 누구냐고 묻고 싶었다. 하지만 난 얼어붙어 버렸고, 아무 말도 못 했다.

"안내 방송 못 들었어?"

토니가 재차 캐물었다. 소년은 어깨를 으쓱하고는 고개를 저었다.

정말 아름답다.

"서점 조명이 다 꺼지는데 이상하지도 않았니?"

토니가 짜증 섞인 목소리로 말했다.

"죄송해요."

소년이 날 쳐다봤다. 우리의 시선이 마주친 순간, 와, 난 콘센트에 손가락이 끼어 감전이라도 된 듯했다.

"어서 안 나오고 뭐 해?"

토니가 소년에게 말했다. 난 소년을 머리부터 발끝까지 훑어봤다. 이건 참 부끄러운 짓이다. 내가 버스 정류장에서 이런 추잡한 행동을 했다면, 나 자신에게 당장 꺼져 버리라고 말했을 거다.

니키가 주먹다짐이라도 막는 것처럼 토니의 어깨에 손을 올리며 말했다.

"토니, 우리도 이제 가죠."

"안 돼요!"

내가 이 말을 크게 했는지, 그냥 마음속으로 외쳤는지 잠시 헷갈렸다. 하지만 홀리가 배꼽을 잡고 웃고, 애덤이 날 향해 얼굴을 찌푸리는 걸 보니 큰 소리로 내뱉었나 보다.

인류 역사상 가장 아름다운 소년이 내게서 멀어져 시내를 향해 걸어가고 있다. 토니가 내게 저 소년이 친구냐고 물었다.

"아뇨. 그리고 방금 안 된다고 한 긴, 베넷을 폐점하면 안 된다는 말이었어요."

토니는 푹 한숨을 내쉬고는 땅에 떨어진 담배를 주웠다. 오, 이런.

3초도 훨씬 지났는데. 토니는 그 담배를 입에 물고 불을 붙였다. 우리는 아무런 말도 하지 못하고 그저 믿기지 않는다는 표정으로 토니를 쳐다봤다. 토니는 다시 셔터를 내리려고 돌아섰다.

"너도 봤지?"

홀리의 손목을 잡아끌며 내가 물었다. 방금 마주했던 아름답고 신비로운 소년이 환상이 아니라 실재했음을 확인하고 싶었다.

"음, 그래 봤지. 근데 걔 누구야?"

"나도 몰라. 하지만 알아내야 해! 어디로 갔을까?"

"세상에, 걔가 널 어떻게 쳐다봤는지 알아?"

홀리가 텅 빈 대형 의류 판매점 앞에 설치된 조각상 옆으로 푹 쓰러지며 황홀한 표정을 지었다.

"뭐? 날 어떻게 봤는데?"

난 전혀 기억나지 않는다. 전혀!

홀리는 소년처럼 머리를 쓸어 올리고는 날 뚫어지게 응시했다. 정말 말도 안 되지만, 재밌었다.

"이봐, 거기 둘! 얼른 와!"

길 건너편에서 동료들과 함께 걸어가던 애덤이 홀리와 날 향해 소리쳤다.

달콤한 눈물

우리는 브릿지 카페에 줄지어 들어섰다. 나무 액자에 끼운 풍경 사진이 벽에 걸려 있다. 반들반들한 의자, 테이블 위의 케첩과 마요네즈 병, 조화가 꽂혀 있는 꽃병. 모든 게 익숙하다. 여긴 베넷 맞은편에 있는 카페다. 우린 빌어먹을 폐점 문제 때문에 바로 이곳에 모인 것이다.

허기질 때에는 맛있는 냄새지만, 그렇지 않을 땐 좀 역한 기름 냄새가 우리를 강타했다. 입으로만 숨을 쉬게 만들고, 집에 돌아가자마자 머리를 감아 싹 씻어 내고 싶은 그런 냄새다.

난 배가 고프지 않았다. 상당히 드문 일이다. 튀긴 음식에 입맛이 당기지 않는 건 순전히 우리 모두가 여기 모일 수밖에 없는 슬픈 현실 때문이다. 난 실로 크나큰 충격을 받은 것이다. 완벽한 미소년과 마주진 후로 마치 롤러코스터 꼭대기에서 떨어질 때처럼 속이 울렁거리긴 하지만, 그게 식욕 부진의 원인은 아니다.

"베넷을 위하여!"

베넷에서 오래 일한 사람 중 한 명인 브루스가 찻잔을 들어 건배했다.

"20년……."

토니가 테이블에 팔을 괴고 엎드린 채 말했다.

"20년이 지나 '도심 재개발의 희생양'이 됐군."

홀리는 '너무 충격을 받아서 밀크셰이크를 주문할 수 없을 것 같다'고 했지만, 어느새 내 음료수까지 호로록 마시고 있었다.

"이대로 가만히 있을 수는 없어요."

내가 다시 한 번 말했다.

정말 베넷이 문을 닫는다면, 무슨 일이 일어날지 모르겠다. 베넷이 있던 자리에 대신 들어설 상점이 과연 있을까? 사실, 서점이 있던 자리가 텅 빈 채로 남겨질 수 있다는 점이 가장 슬프다. 시내 중심가는 이미 영업 중인 상점보다 문을 닫은 채 그대로 방치된 데가 더 많다. 화려하게 단장한 새로운 공간에서 훨씬 더 비싼 임대료를 지급해 가며 영업을 하려는 가게들이 정말 줄 서 있기라도 한 걸까?

베넷 그레이스워스 지점이 없어진다면, 우리는 서점에 가기 위해 기차를 타고 가장 가까운 도시를 방문해야 한다. 그럼 직원 할인도, 초판본을 만져 볼 기회도 없을 거고, 카운터 뒤에 앉아 커피를 즐기는 척하며 나를 세련되고 지적으로 보이게 하는 책에 푹 빠져드는 일도 더는 못 하겠지.

홀리가 불만을 토로했다.

"지금 폐점되면 안 돼요. 3부작 《나는 살인자다》 마지막 권이 연

말에나 출간된단 말이에요. 아직 살인자가 누군지 모른다고요."

홀리는 유혈이 낭자한 범죄 스릴러 소설에 푹 빠져 있다. 우리가 베넷에서 일을 시작한 뒤로, 홀리는 학교 도서관에서는 소장할 수 없는 이런 장르의 책을 마음껏 읽었다.

베넷은 내 어린 시절 일부분을 차지한다. 홀리와 함께 학교에서 집으로 돌아가는 길, 난 베넷에 들러 크리스마스 선물로 받은 도서 상품권을 물 쓰듯 썼다. 홀리와 내가 동시에 이곳에 고용된 이유 중 하나는 토니가 우리를 떨어뜨려 놓을 수 없어서였을 거다. 우리는 언제나 딱 붙어 다녔으니까. 홀리와 난 지나다니는 사람들에게 방해받기 전까지 등을 맞대고 앉아 진한 로맨스 소설의 구절을 서로 읽어 주곤 했다. 그때 우리는 아무렇지 않은 척하려고 애썼지만, 생각보다 어려운 일이었다. 특히, 우리가 마지막으로 내뱉은 단어가 '흥분한 그것'이었을 땐 더 그랬다.

내가 좀 더 어렸을 때, 나와 남동생 엘리엇은 베넷을 마치 우리 집 서재처럼 여겼다. 이곳에서 우리는 이혼 전문 변호사에게 비싼 상담을 받으러 간 엄마를 기다렸다. 엘리엇에게 내 손을 잡고 있으라고 했지만, 열 살 먹은 동생은 누군가의 손을 잡고 있기엔 자기 나이가 너무 많다며 거절했다. 베넷은 우리 가족에게 갑작스러운 변화가 생겼을 때 안식처가 되어 준 곳이다.

동료들이 이야기를 시작하고, 토니가 커피를 한 잔 더 주문하는 걸 듣고 나서, 난 옛 생각을 그만뒀다. 홀리는 테이블 위에 설탕을 붓고는 손가락으로 달콤한 눈물방울을 흘리는 슬픈 얼굴을 만들었다.

난 베넷에서 아르바이트 합격 통보를 받은 날이 떠올랐다. 너무 좋아서 믿기지 않을 정도였다. 가장 친한 친구와 함께 서점에서 일하며 돈을 벌 수 있다니! 홀리와 난 학교 복도에서 춤을 췄고, 괴팍한 브래들리 선생님이 음악실 문을 열고 나와, 좀 조용히 하라며 시험공부도 안 하냐고 혼냈다. 그날 밤, 우린 시험공부를 하는 대신 아주 거대한 솜사탕을 사서 엄청나게 먹어 댔다. 배가 아파 첫 출근을 못하게 되면 어쩌나 걱정될 정도로.

난 동료들에게 이야기했다.

"여러분, 믹 모건 씨가 한 얘기 들었죠? 베넷 폐점까지 4주 남았어요. 4주 동안 뭔가 노력해서 본사의 결정을 바꿔 보는 거예요."

"정말 우리가 본사의 결정을 바꿀 수 있다고 생각하니?"

애덤은 부정적이었다. 토니는 아무 말 없이 커피를 다 마시고는 한 잔 더 주문했다.

브루스가 눈썹을 치켜세우며 말했다.

"한번 시도해 보는 것도 나쁘지 않을 것 같은데요."

"브루스, 고마워요."

"딱히 더 잃을 것도 없잖아. 그치?"

브리짓도 찬성했다.

"페이지, 생각처럼 쉽진 않을 거야. 이건 전적으로 돈 문제야. 우리가 나가면, 건물주는 거기다 새 건물을 짓고 임대료를 더 비싸게 받을 수 있을 테니까."

평일에 근무하는 직원 한 명은 반대 의견을 냈다. 난 모든 동료가 우리가 노력하는 것에 대해 부정적이고 실패를 두려워한다고는 생각하지 않았다.

"음, 좋아요."

난 테이블 위에 두 손을 짚고 생각을 정리하려 했지만, 덜 닦인 와인 때문에 손바닥이 끈적끈적해지는 바람에 손을 올려놓은 걸 후회했다.

"앞으로 남은 4주 이후로도 베넷과 함께하고 싶은 분은 손을 들어 주세요."

여덟 명 모두 손을 들었다. 나쁘지 않다.

"좋아요. 그러니까 우리는 이제 공개적으로 사람들에게 이야기하는 거예요. 우리는 베넷을 떠나고 싶지 않다고 말이에요."

토니가 나를 노려봤다. 짜증이 난 표정이다. 토니는 내가 문제를 일으키고 있다고 생각하는 것 같다. 토니, 틀렸어요. 난 당신의 베넷, 우리의 베넷을 지키려는 거예요.

"다 잘될 거예요. 우린 잘 해낼 거예요."

내가 토니를 향해 고개를 끄덕이며 말했다.

"우리 모두 함께하는 거예요!"

홀리가 외쳤다.

"뭔가 할 수 있는 게 있을 거예요. 집회를 연다든지, 캠페인을 벌일 수도 있고요."

"폐점 반대 캠페인, 좋은데!"

애덤이 고개를 끄덕이며 호응했다.

"시내에서 서점을 지키고 싶은 사람이 우리만은 아닐 거예요. 우리 손님들을 생각해 봐요."

"아무렴."

브루스가 잇몸을 드러내며 활짝 미소 지었다.

가방에서 작은 분홍색 수첩을 꺼내, 내 머릿속에 떠오르는 아이디어를 갈겨쓰고, 애덤과 다른 동료들이 제안한 내용을 모두 받아 적었다. 결국, 난 다시 식욕이 돌아 프렌치프라이를 주문했다.

난 책을 이용해 다른 사람들의 삶에 불쑥 끼어드는, 이상한 앞머리를 한 서점 소녀일 수도 있다. 아마 나 한 사람의 주장이라면 누구의 관심도 받지 못할 거다. 하지만 여러 사람이 함께 우리가 처한 부당한 상황에 관해 말한다면, 우리의 말을 무시할 수는 없을 것이다. 우리는 우리의 계획과 생각을 모든 사람에게 소리 높여 분명히 밝혀야 한다. 우리는 서점과 일자리를 지켜야 한다. 우리는 뭔가 해야 한다.

치명적인 매력

문자 알람 소리가 들렸다. 시간이 벌써 이렇게 된 줄 몰랐다. 휴대 전화 화면에 엄마가 보낸 문자가 떴다. 실업 수당을 받으려면 꼭 들어야 하는 이력서 쓰기 수업이 끝나, 날 집에 태워다 주겠다는 내용이다. 난 발이 부르트게 걷지 않아도 되는 기회를 놓칠세라 자리에서 벌떡 일어났다.

"홀리, 내일 봐!"

또 다른 프렌치프라이 위에 케첩을 뿌리고 있는 홀리를 향해 손으로 키스를 날리며 말했다.

거의 다 왔다고 엄마에게 문자를 보냈다. 난 펑크 음악이 울려 퍼지는 길을 걸어가면서 서점인들의 반란을 성공적으로 주도했다는 생각이 들었다.

엄마의 소형차가 보이지 않았지만, 음악 소리로 어디 있는지 알 수 있었다. 열어 놓은 차창 밖으로 스페셜즈의 〈고스트 타운〉이 쾅 쾅 울렸다. 난 조수석에 앉으며 볼륨을 줄였다.

"우리 딸! 별일 없지?"

"으음, 양복 입은 어떤 남자가 찾아와서 베넷을 없애 버릴 거라고 했어요."

엄마가 놀란 표정으로 노래를 완전히 껐다.

"농담이지?"

"진짜예요. 하지만 괜찮을 거예요. 우리가 폐점을 막을 거니까요."

"참 너무들 하네. 베넷이 문 닫으면 정말 끔찍할 거야. 책을 구할 수 있는 데가 없잖아. 오늘 무슨 얘길 들은 줄 아니? 시 의회에서 예산을 줄이는 바람에 주말엔 도서관 운영을 안 한대! 이게 말이 되니? 정말 심하지 않니? 사람들한테 꼭 필요한 서비스인데."

난 웰리가의 텅 빈 상점들 앞에 붙여놓은 '투 렛(TO LET)'이라는 표지판을 물끄러미 바라봤다. 누군가 두 단어 사이에 스프레이로 'I'를 써넣었다. 그래서 모두 토일렛(TOILET), '화장실'이 돼 버렸다. 엄마가 열변을 쏟는데, 난 그만 풋 웃음을 터뜨렸다.

"뱅크시도 아마 저런 생각은 못 했을 거다."

엄마는 자기가 한 말에 깔깔거리며 웃다가, 곧 덧붙였다.

"페이지, 어쨌든 우리 이제 동지가 되겠구나. 매력적인 엄마와 딸이 취업 지원 센터로 함께 출근하는 거지!"

난 엄마와 함께 보송보송한 하얀 가운을 걸치고 선베드에 누워 샴페인을 홀짝이며, 우리가 보유한 능력에 대한 목록을 작성하는 상상을 했다.

안 돼! 베넷을 위해 뭔가 해야 해.

집에 도착하니 엘리엇이 달려와 현관문을 열어 줬다. 엘리엇은 나보다 몇 살 어리지도 않는데 여전히 밖에서 노는 것을 좋아한다. 지금도 온종일 공원에서 축구 할 때 입은 흙투성이 반바지를 그대로 입고 있었다. 동생이 축구 경기를 보던 텔레비전 화면을 일시 정지해 놓고, 프링글스를 먹으며 말했다.

"저거 누나한테 온 거야."

엘리엇이 갈색 안전 봉투를 가리켰다. 난 무엇이 들어 있는지 이미 알고 있는 그 봉투를 품에 꼭 안았다. 또 다른 대학에서 보낸 두툼한 안내서였다. 난 전국에 있는 미술 대학 안내서를 모으고 있다. 아직 어느 대학을 가고 싶은 건지 모르겠지만, 대학을 결정하기까지는 고통스러울 정도로 긴 시간이 남아 있다. 지금은 대학 안내서를 마치 성스러운 책처럼, 내 방 플라스틱 장난감 상자에 고이 모셔 둘 뿐이다.

"엘리엇, 고마워!"

위층 내 방에 올라가, 봉투를 침대 밑으로 아무렇게나 던져 넣었다. 지금은 이게 중요한 게 아니야.

대학생이 참가하는 퀴즈 프로그램인 〈유니버스티 챌린지〉를 틀어 놓고 저녁을 먹었다. 집 밖에서 민요 〈그린슬리브스〉를 튼 아이스크림 트럭 소리가 들렸다. 트럭이 우리 집 앞을 지나갈 때쯤 (엘리엇이 엄마에게 아이스크림이 먹고 싶다고 하자 엄마는 정말로 아이스크림을 원하는 거라면 냉장고에 초콜릿 아이스크림이 있다고 했다. 엄마는 매번 똑같은 대답을 하기 때문에 우린 놀라지도 않았다.) 문득 서점에 갇혔던 소년이

떠올랐다. 우리가 서로를 바라보던 순간, 그때의 기분을 기억하려고
애썼다.

의학 다큐멘터리 〈응급실의 24시간〉의 한 장면처럼, 비닐 소재의
일회용 앞치마를 두른 사람들이 들것에 실려 온 나를 둘러싼다. 그
들은 내 청바지를 가위로 도려내며 옷을 망가뜨려 미안하다고 말하
고, 난 목 보호대를 한 채 천장을 바라보며 괜찮다고 대답한다. 구급
대원이 이렇게 브리핑한다.

"이름은 페이지 터너. 나이 16세. 치명적인 매력을 가진 자와 맞닥
뜨린 후 심장 마비를 일으켰으며, 도심 재개발의 희생양이 됐습니다."

시간이 부족해

난 덤불에서 꺾은 가지로 나무 울타리를 긁으며 홀리와 나란히 걸었다. 홀리는 오늘 아침 겪은 끔찍한 구직 활동에 관해 이야기했다.

절친은 괴로운 표정을 지으며 이마에 손을 갖다 댔다. 늘 생각하는 거지만, 홀리는 정말 훌륭한 연극배우가 될 거다. 난 지난 일요일 오후, 홀리가 서점에서 〈레이디 맥베스〉의 한 장면인, 영악한 주인공의 독백 연기를 제대로 해내는 걸 봤다.

"일자리 찾는 거 막막해. 어젯밤에 뽑은 이력서를 전부 다 냈어. 다 뿌렸다고!"

홀리는 극적인 효과를 위해 잠시 뜸을 들이다 다시 말했다.

"심지어 게임 용품 판매점에도 갔었다니까! 내가 얼마나 절박한지 알겠지?"

"정말 최악인데!"

난 사춘기 남자애들이 뿜어내는 고약한 땀 냄새를 떠올렸다.

"아무 데도 내 이력서를 받아 주지 않았어. 대신 똥 씹은 얼굴로 날 쳐다보더라고."

홀리가 콧등을 살짝 잡고는 이력서 냈던 곳의 코맹맹이 관리자를 흉내 냈다.

"흠흠, '이력서는 전부 온라인으로 받고 있어요.' 이력서를 변기에 확 처넣어 버릴까 했어."

"홀리, 너무 걱정하지 마. 청원 운동이 우리 일자리를 지켜 줄 거야!"

난 정말 피곤하지만, 지금은 실험실 뒤에서 하품하는 학생을 잡아내는 까칠한 물리학 선생님에 빙의해 버렸다. 밤새 직장에서 내몰린 사람들(특히 여성들)이 자신들의 신념에 따라 캠페인을 벌이고 권리를 주장해 실제로 성공한 내용을 담은 유튜브 영상을 찾아보고, 관련된 책도 읽었다.

여성들은 소위 언론에서 다룰 만한 생리대 면세 적용 요구, 여성 쉼터 폐쇄에 관한 온라인 청원을 진행하고 있었다. 난 링크를 따라가며 관련된 이슈와 내용을 살펴봤다.

그러다 새벽 3시쯤 됐을까? 내가 좀 바보처럼 느껴졌다. 우린 그저 베넷 그레이스워스 지점의 아르바이트생일 뿐이다. 우리가 실직하는 걸, 누가 신경이나 쓸까?

가만히 앉아 내 모습을 바라봤다. 땀이 나고 피곤한 얼굴 전체로 마스카라가 번져 있었다. 그레이스워스 지점 폐점이 어떤 식으로든 이 위대한 여성들이 추진하는 시위와 관련이 있다고 생각한 나 자신이 좀 우스웠다.

그때 뭔가가 시선을 사로잡았는데, 바로 낡고 칙칙한 내 책장이었다. 홀리의 세련되고 깔끔한 이케아 책장과는 다른, 소나무로 만든 내 구닥다리 책장에는 어렸을 때부터 모은 책이 빼곡히 꽂혀 있다.

내가 사인펜으로 낙서한 베아트릭스 포터의 책과 엘리엇이 너무 무섭다며 화장실에 던져 버렸던 그림책 《룸펠슈틸츠헨》, 그리고 내 소중한 《내 이름은 삐삐 롱스타킹》이 있었다. 엄마가 베넷에서 사 준 것이다. 삐삐가 커다란 말을 머리 위로 번쩍 들어 올리고 있는 그림을 열심히 따라 그렸던 기억이 난다. 삐삐는 어린 소녀였지만, 겁이 없었다.

어두운 데서 노트북을 너무 오래 본 탓인지, 난 어느새 감성이 충만해져 '삐삐라면 어떻게 했을까?'라며 꽤 심각하게 고민했다.

〈라이온 킹〉의 주인공 심바가 구름 속에서 돌아가신 아버지 무파사의 얼굴을 떠올리는 장면처럼, 난 별에 둘러싸인 내 상상의 구름 속에서 삐삐의 주근깨투성이 얼굴을 떠올렸다. 삐삐는 내게 자기 자신을 믿으라고 말했다. 캠페인의 힘을 믿어 봐! 힘내! 베넷 서점을 머리 위로 번쩍 들어 올려 보는 거야! 우리는 작은 것을 위해서도 싸워야 해. 작은 투쟁이 있어야 큰 변화도 있어.

그때 내가 울었는지, 울지 않았는지 기억이 안 나지만, 〈라이온 킹〉의 주제곡 〈오늘 밤 사랑을 느끼나요?〉를 일곱 번째 들었을 땐, 분명 울었다. (헤드폰을 끼고 있어서 진정하고 그만 자라는 엄마의 잔소리는 듣지 않았다.)

그러고 나서 새벽 4시 30분쯤, 깨달은 게 하나 있었다. 뉴스에서는 시위에 관해 거의 다루지 않는다는 사실이었다. 언급하더라도 보통 '폭력 시위'라고 불렀다. 아마도 우리 같은 시골뜨기는 시위에 참여하거나 뭔가를 바꿀 수 있다는 생각을 못 한다고 여기는 것 같았다. 난 유튜브 영상을 지켜보고 매우 고무됐다. 실제로 내가 어떤 변화를 이끌 수 있을 거라는 생각이 들었다. 혼자가 아닌 여러 사람과 함께, 베넷의 모든 동료와 함께 말이다. 왜 그레이스워스에 베넷이 필요한지 우리가 한목소리로 사람들에게 이야기한다면, 어쩌면 그들도 우리 캠페인에 동참할지 모른다. 그리고 많은 사람이 모여 함께 주장을 펼친다면, 분명 우리의 요구를 무시할 수 없을 거다. 이 점이 중요하다. 얼마나 자주 이런 일이 벌어질까? 밑져야 본전이다. 젠장, 어쨌든 방학이 끝나기 전에 모든 걸 해결해야 한다.

누드 드로잉 수업

난 방학 동안 해야 할 일이 하나 더 있다. 학교 미술 수업에서 파커 선생님이 누드 드로잉 작품을 제출하면, 추가 점수를 주겠다고 했었다. 선생님은 항상 누드 드로잉은 잡지나 사진을 보고 베끼기보다 모델을 직접 보며 그리는 것이 낫다고 했다. 하지만 우리는 법적으로 아직 미성년자이고 (아휴!) 교칙상 학교 안에서는 절대로 벌거벗을 수 없다는 게 문제였다. 어쩔 수 없이 우리는 옷을 다 갖춰 입고서 서로의 모습을 그리는 인체 드로잉 수업을 몇 번 했다. 파커 선생님은 우리에게 방학 때 진짜 누드 드로잉 수업을 찾아보라고 했다. 난 당장 그런 수업을 찾아 나섰다. 왜 그랬는지는 잘 모르겠지만, 아마도 내게 좀 변태스러운 면이 있나 보다.

아무튼, 난 근처 대학에서 딱 맞는 수업을 찾았다. 강의명이 '포저'였는데, 매주 화요일 저녁에 진행되며 누구나 참석할 수 있었다. 다행히 홀리도 마음에 쏙 들어 했다. 우리는 스케치북과 펜, 붓, 잉크를 넣은 가방을 메고 공원을 가로질러 대학 캠퍼스로 향했다.

"누드모델은 몸매가 좋을까?"

홀리가 들뜬 표정으로 물었다.

"아닐걸."

사실 나도 잘은 모르지만, 뭘 좀 안다는 듯 대답했다.

"파커 선생님이 그랬잖아. 세부 묘사나 그림자, 주름 같은 걸 표현하기에는 나이 들거나, 정말 뚱뚱하거나, 진짜 말라깽이 모델이 더 낫다고. 선생님이 미대에 다닐 때, 프로젝터로 야생 동물 다큐멘터리 영상을 장애인 모델한테 비춰서 그림을 그렸었다고도 했고. 진짜 멋진 작품이었을 거야."

홀리는 처음 듣는 얘기라는 듯 어깨를 으쓱했다. 파커 선생님이 자신의 누드 드로잉 역사를 낱낱이 늘어놓을 때 바로 내 옆에 있던 홀리가 이런 반응을 보이는 게 웃겼다.

"홀리, 아마 넌 비쩍 말라비틀어진 노인의 몸을 보게 될 거야!"

난 음흉한 표정을 지어 보려고 애썼다.

"빨리! 서둘러!"

우리는 꽥 소리를 지르며 잔디밭을 지나 미대 건물 쪽으로 갔다. 정말 모델의 성기를 마주하게 되면 어떡하지?

우리는 깔깔거리며 문을 열고 로비에 들어섰다. 건물 안은 어둡고 조용했다. 유리 케이스 안에 작품이 몇 점 전시돼 있었는데 점토로 빚은 여자 두상과 재활용 플라스틱병으로 만든 드레스였다.

"이쪽이래."

홀리가 "포저 수강생은 이쪽으로 오세요."라고 손으로 써 놓은 안내문을 가리켰다.

우리는 미로 같은 복도를 걸었다. 여름 방학이라 미술 작업실은 대부분 비어 있었다. 재봉틀이 어지럽게 흩어진 작업실과 이젤이 놓인 강의실을 지났다. 문을 열어 놓은 채, 테일러 스위프트의 노래를 크게 틀어 놓은 작업실도 지나쳤다. 그곳에서 여자 몇 명이 실크 스크린 작업을 하고 있었다.

홀리가 복도를 걸으며 테일러의 노래를 따라 부르기 시작했고, 나도 함께했다.

"쉐이크 잇 오프! 쉐이크 잇 오프!"

우리가 복도에서 몸을 흔드는데 갑자기 남자 목소리가 들렸다.

"오, 스파이스 걸스가 왔군요!"

우리 둘은 서서히 춤을 멈췄다.

"와, 스파이스 걸스라니. 언제적 가수야."

홀리가 내 귀에 대고 꽤 크게 얘기했다.

"저흰 포저 강의실을 찾고 있어요."

내가 남자에게 말했다.

"아가씨들, 제대로 찾아왔군요. 난 클라이브라고 해요. 포저 수업을 담당하고 있죠."

클라이브는 50대 후반이나 60대 초반쯤으로 보였다. 그런데 사실 난 나이 가늠하기에 관해서라면 정말이지 젬병이다. 나 때문에 엄마가 종종 수모를 겪는데, 내가 "진짜 나이 많다."라고 했던 사람이 알고 보면 엄마랑 같은 나이이기 때문이다. 아, 제발 심각하게 받아들이지 않았으면 좋겠다. 난 나이 맞추기엔 정말 소질이 없다고.

클라이브는 머리카락과 피부, 셔츠와 바지, 구두까지 전부 다, 그러니까 머리부터 발끝까지 온통 베이지색이었다. 이건 너무 공격적인 색 아닌가? 일부러 저렇게 입은 건가? 잘 모르겠다. 하지만 한 가지는 확실히 안다. 온통 베이지색으로 차려입고선 우리를 '아가씨들'이라고 부르는 사람은 별로라는 걸.

"곧 수업 시작할 거니까 자리 잡고 있어요. 난 바람 쐬러 잠깐 나온 거예요."

클라이브는 베이지색 손에 든 담배를 우리에게 들어 보였다.

강의실은 크지 않았지만, 천장이 높았다. 강의실 안에는 여섯 명 정도 있었는데 대부분 미소를 머금은 중년 여성들이었고, 서로 아는 사이처럼 보였다. 그중 보라색 가운을 걸친 여자가 배를 먹으며, 코듀로이 소재의 옷을 입은 여자와 얘기를 나누고 있었다.

바닥에는 아주 낡고 작은 쿠션 몇 개를 올려놓은 매트리스가 있고, 여러 개의 휴대용 히터 중 한 대가 그 매트리스 쪽으로 놓여 있었다. 이 모든 게 좀 지저분해 보였다.

우리는 강의실 뒤편에 앉기로 했다. 그쪽에 운동복을 입은 우리 또래의 남자애가 있었다. 그 앤 좀 괜찮게 생겼는데 마치 보이 밴드의 성깔 있는 멤버처럼 보였다. 90년대 보이 밴드의 불량 멤버라면 눈썹에 피어싱을 했겠지만, 그 앤 그렇게 하진 않았다. 우리가 그 애를 지나쳐 뒤쪽에 자리를 잡자, 그 애는 고개를 들어 "안녕?"이라며 우리에게 인사를 했다.

난 플라스틱 의자 두 개 위에 여러 가지 색깔의 물감을 늘어놓고, 필통과 새 스케치북도 꺼냈다. 새 학기가 시작된 기분이었다. 한 가지 바람이 있다면, 이 수업에서 우리 그림을 보여 줄 필요가 없었으면 좋겠다. 이곳에 모인 사람들은 모두 편안해 보이고, 자신들이 무엇을 하는지 잘 알고 있는 것처럼 보였다. 난 수업을 듣기도 전에 벌써 주눅이 들었다.

클라이브가 미소를 띠며 강의실로 들어섰다. 그러고는 기쁜 듯 두 손을 비비며 말했다.

"자, 여러분. 오늘 밤엔 새로운 수강생이 몇 명 있어요. 그래서 우리 수업이 대략 어떻게 진행되는지 설명하겠습니다."

클라이브는 말하는 걸 좋아하는 사람이다.

"수가 오늘 밤 우리 모델이에요. 몇 가지 포즈를 취할 겁니다. 10분 정도, 아니면 그보다 좀 더 길어질 수도 있어요. 수, 괜찮겠죠?"

수는 고개를 끄덕였다. 벌써 너무나 자연스럽게 보라색 가운을 벗어 던진 상태였다.

"한 포즈가 끝날 때마다 각자 그린 것을 보여 주진 않아요. 원한다면, 모든 스케치가 끝난 후에 공유할 수 있어요. 아, 그리고 중간에 쉬는 시간이 있습니다. 그때 담배를 피우거나, 차나 커피를 드시면 돼요. 자, 그럼 시작할까요? 수, 10분간 포즈를 취해 주세요."

설명을 끝낸 클라이브가 곧장 이젤 앞에 서서 드로잉을 시작했다. 본격적으로 수업이 시작되자 강의실이 조용해졌다. 홀리와 난 유치하게 킥킥대지 않으려고 무지 노력했다.

난 연필을 집어 들었다. 수의 몸은 흥미로웠다. 피부는 늘어졌고, 툭 튀어나온 척추는 울퉁불퉁했다. 그리고 그 부분, 수의 주요 부위를 봤다. 난 텔레비전이나 잡지에 등장하는 몸을 보는 게 익숙하지 않다. 그런 데에 나오는 몸은 수나 내 몸과는 달리 너무나 매끈해서 진짜 같지가 않다. 우리 그림을 보고 수가 불쾌해하지 않을까? 코는 너무 크고, 가슴은 너무 작게 그렸다고 화내진 않을까? 아마 그렇지 않을 거다. 사람들은 모두 타인의 시선을 의식할 수밖에 없다는 점에서 볼 때, 용감한 자만이 낯선 이들로 가득 찬 방에서 벌거벗을 수 있다고 생각한다. 재미있게도 얼마 지나지 않아, 수가 나체라는 사실이 그렇게 이상하게 느껴지지 않았다. 왁스 칠한 과일을 놓고 정물화를 그리는 것과 거의 비슷했다.

내가 수의 가슴에 막 그림자를 더하려던 차에, 강의실 문이 빼꼼 열렸다. 누군가 지각한 모양이다. 하지만 수는 꿈쩍도 하지 않았다. 정말 프로답다.

홀리가 내 팔을 당기기에 난 시선을 옮겨 문 쪽을 쳐다봤다.

세상에! 그 소년이다.

올리버 트위스트

맙소사, 그 소년이다! 서점에서 본 잘생긴 소년, 어제 서점에 갇혔던 소년 말이다. 소년이 이곳에 왔다. 내가 있는 이곳에 왔다. 우리가 여기에 함께 있다.

"클라이브, 죄송해요. 늦었어요."

조용한 강의실에 소년의 낮지만 작지 않은 목소리가 울렸다.

"어서 와, 아들!"

클라이브가 작게 속삭이며, 두꺼운 베이지색 손을 들어 소년에게 강의실로 들어오라고 손짓했다.

뭐? 아들? 아들이라고? 소년이 클라이브의 아들이라고? 말도 안 돼! 전혀 다르게 생겼는데!

그래 뭐, 좋다. 아들이 다 아빠를 닮으란 법은 없으니까. 나도 엄마를 전혀 닮지 않았다. 엄마는 진한 흑발이고, 난 약간 적갈색 빛이 도는 금발이지만, 우린 진짜 모녀 사이다. 엄마가 날 이 세상으로 밀어낸 건 확실하다. (엄마는 출산에 대해 자세하게 늘어놓길 좋아한다. "마치 레몬만 한 구멍에서 멜론만 한 걸 끄집어내는 일이지."라고 설명했다.)

아휴.

모든 아이가 자기 부모를 닮은 건 아니지만, 진짜 이 소년이 클라이브의 아들일까? 정말 클라이브와 그의 연인 사이에서 태어난 아들이 맞을까?

소년이 날 쳐다봤고 우린 눈이 마주쳤다. 난 속이 울렁거려 지금 당장 토할 것만 같았다. 수, 미안해요. 당신 때문이 아니라 나 때문이에요. 난 홀리가 이 상황을 지켜보고 있다는 걸 알 수 있었다. 소년은 다른 수강생들을 지나 강의실 뒤쪽 바로 내 옆으로 왔고, 빈 의자가 없어서 희한하게 생긴 높은 나무 거치대를 내 옆에 놓았다.

"안녕, 서점 소녀."

소년이 미소 띤 얼굴로 말했다. 내가 자기에게 반했다는 걸 아는 것처럼.

난 여러 얘기를 하고 싶었다. 가령 '안녕! 너 어제 우리 서점에 갔었지? 정말 재밌었는데.'라든지.

근데 가만, '우리 서점'이라고? 왜 '우리 서점'이라고 한 거지? 마치 공원 미끄럼틀을 '우리 미끄럼틀'이라고 부르는 어린애들처럼 말이야. 오, 페이지. 정신 차려!

"응."

하지만 내가 실제로 내뱉은 말은 이게 전부였다. 그러곤 아무 말도 하지 못했다.

나는 소년을 힐끗 쳐다봤다. 클라이브는 소년의 아빠가 아닐 수도 있다. 어쩌면 클라이브는 생물학적으로 아무런 관계도 없으면서 어린 소년을 '아들'이라고 부르는 부류일 수 있다.

그런 점에서 내가 '소년'이면 싫을 것 같다. 여기저기서 나를 '아들'이라고 부르면 정말 끔찍할 거다. 아무도 자기 딸이 아닌 소녀를 '딸'이라고 부르지 않는다. 대신 이상하고 멍청한 말을 갖다 붙이지.

젠장, 내가 쳐다보는 걸 소년이 눈치챘다.

내 볼이 이렇게 쉽게 빨개지는지 몰랐다. 얼굴이 화염에 휩싸인 듯 달아올랐다.

소년은 잉크와 펜을 꺼내 스케치를 시작했다. 불현듯 내가 가슴을 그리던 참인 걸 깨달았다.

난 홀리를 쳐다봤다. 홀리는 아주 신이 나서 소리 없이 입 모양만으로 연신 '오! 대박!'을 외치고 있었다. 하지만 우린 흥분해선 안 된다. 지금은 자제해야 한다.

어쩌면 클라이브는 소년의 친아버지는 아니지만, 아무도 소년을 돌보지 않을 때, 데려다 키울 걸 수도 있다. 그러니까 소년은 올리버 트위스트처럼 고아일지도 모른다. 소년은 매력적이며 예술을 사랑하는 올리버 트위스트다. 클라이브가 소년을 키웠고, 소년의 법적 후견인이기 때문에, 소년은 발가벗은 수를 그리기 위해 이곳에 온 것이다. 그래. 소년은 에곤 실레의 누드화 모음집을 보고 있었다. 이제 모든 것이 이해된다. 소년은 화가다. 소년은 화가야. 오, 맙소사. 이 멋진 소년은 고군분투하는 불우한 예술가다.

그런데, 너는 얼마나 오랫동안 고아였던 거니? 어렸을 때 고아였던 거지, 맞지? 지금 소년은 고아가 아니다. 왜냐하면, 어리지 않으니까. 소년은 다 컸다. 그래, 뭐 그렇게까지 다 큰 건 아닐지 모르겠다. 소년은 나보다 나이가 몇 살은 더 많을 거다. 하지만, 집에 가다 얼핏 마주치는 남학교 대학 입시 준비반* 애들처럼 보이진 않는다. 소년의 얼굴에는 턱수염이 난 흔적이 전혀 없었다.

"좋아요. 수, 이제 10분간 다른 포즈를 취해 줄래요?"

클라이브가 목소리를 가다듬고 말했다. 그러고 나서 내 쪽을 향해 고개를 끄덕였다.

수가 서 있는 포즈를 취할 때 뼈에서 뿌드득 소리가 났다. 난 집중하려고 애썼다. 그런데 내가 스케치북에서 뜯어 버린 마지막 장을 소년이 주워 들었다. 뭐야? 무슨 짓이야!

"와, 선이 예쁜데."

빌어먹을! 내 그림 봐도 된다고 말한 적 없는데? 이건 너무 무례하잖아!

하지만 소년의 눈, 소년의 너무나 크고 푸른 눈을 보고 말았다. 날 놀리는 것 같지 않다. 키득거리지도 않는다. 그래, 내 그림 선이 예쁘긴 예쁘지.

"고마워."

이게 내가 할 수 있는 유일한 말이었다. 난 동시에 너무 당황스럽고 짜증이 났다. 소년이 내 그림을 보는 게 싫었다. 그러다 갑자기

* **대학 입시 준비반** 영국 학제에서 16~18세 사이의 학생들이 다니는, 2년간의 대학 입시 준비 과정

내 그림의 '예쁜 선'과 강의실의 열기, 누드 드로잉, 이 모든 것이 너무나 크게 의식됐다. 어지럽다. 페이지, 여기서 쓰러지면 안 돼. 제발 정신 차려!

난 물을 한 모금 마셔 마음을 가라앉힌 다음, 소년과 좀 떨어져 홀리 쪽으로 몸을 틀었다. 4학년 때 수학 시험을 보던 때처럼 팔로 내 그림을 가렸다.

집중할 수가 없다. 누가 지우개로 내 머릿속을 지워 버린 것 같다. 나의 예술적 재능과, 무언가를 삼키는 신체적 능력을 잃은 기분이다. 나 정말 물을 질질 흘린 거 아닐까? 오, 맙소사. 소년에게서 좋은 냄새가 난다. 비누와 담배, 그리고 소년의 냄새다. 이론적으로 그리 좋은 조합이 아니라는 걸 알지만, 이미 소년의 냄새에 취해 버렸다.

"수, 고마워요. 정말 수고했어요."

벌써 10분이 지난 거야? 어떻게 그럴 수 있지? 난 스케치북을 쳐다보다 소년이 보기 전에 표지로 덮어 버렸다.

"이제 좀 쉴까요?"

클라이브가 두 팔을 위로 뻗고 하품을 하며 덧붙였다.

"15분 후에 다시 시작하겠습니다."

나도 모르는 사이, 아름다운 소년은 아름다운 입술 사이에 담배를 물고 문을 나서고 있었다.

한 걸음 더

"오, 완전 대박!"

홀리가 극적 효과를 위해 펜을 공중으로 던지며 입을 쩍 벌렸다.

"나한테 선이 예쁘다고 했어."

난 매트리스를 바라봤다. 수가 누워서 쿠키를 먹으며 코듀로이 옷을 입은 여자와 다시 얘기를 나누고 있었다.

"그래, 넌 선이 예쁘지. 쟤도 이 수업 듣는 게 확실해. 클라이브랑 아는 사이잖아."

맞아. 이 대학에 다닐 거야. 아니면 어떻게 클라이브를 알겠어. 절대 클라이브는 소년의 아빠가 아니야.

"그리고 쟨 분명 너한테 반했어!"

홀리가 눈에서 하트가 나올 것 같은 표정을 지었다.

"확실해!"

난 물을 한 모금 더 마셨다. 진정해, 페이지. 진정하자.

"그건 그렇고, 네가 그린 것 좀 보여 줘. 수업 괜찮지?"

난 화제를 바꿨다. 홀리는 스케치를 건네며 말했다.

"맘에 들어. 근데 포즈 잡는 시간이 좀 더 길었으면 좋겠어. 내가 뭐 좀 시작할 만하면, 다른 포즈로 넘어가더라고."

수가 꿀꺽 차를 한 모금 마시며 우리에게 물었다.

"너희 이 학교 다니니?"

우아! 수는 우리가 여기 학생인 줄 안다. 미대에 목매는 나로서는 이런 오해를 받으니 왠지 꿈에 한 발짝 다가선 듯했다.

"아뇨. 여기 안 다녀요. 저흰 고등학생이에요."

홀리가 대답했다. 곧 더 명확하게 덧붙였다.

"사립 학교처럼 있는 집 애들 다니는 데 말고요."

그래. 우리 학교는 1999년에 있었던 '불타는 생리대 폭탄 사건'으로 유명한 곳이다. 그때 그레이스워스 고등학교 역사관이 검게 그을렸다.

"그럼 지금 여름 방학이니까 신나게 사고 칠 때겠구나!"

"사실, 저흰 시내에 있는 베넷 서점에서 일해요. 근데……"

"오, 거기 일하기 좋은 데지."

"네, 그렇죠. 근데 곧 폐점될 거예요."

내가 이 얘기를 꺼내자, 수가 들고 있던 수제 세라믹 머그잔에 마시던 차를 도로 뱉었다.

"안 되지, 그건! 언제 그렇게 됐어? 왜 그런 거야?"

"건물주가 서점을 허물고, 거기다 번드르르한 건물을 새로 짓는 대요."

나는 잠시 멈췄다 다시 말을 이었다.

"하지만 그 사람들 계획대로 안 될 거예요."

"그래야지!"

"우린 캠페인을 준비하고 있어요."

처음 본 사람과 이런 대화를 나누니까 내가 지금 뭘 하고 있는지 실감했다.

"사람들한테 베넷 폐점 반대 서명을 받는 거죠."

"오, 잘 생각했어!"

수가 미술 도구 상자를 뒤적거리며, 코듀로이를 휘감은 여인 엘스페스에게 우리 얘기를 전했다. 수는 엘스페스에게 말하는 중에도 홀리와 내게서 눈을 떼지 않았다. 난 어색하게 웃어 보였다.

"엘스페스, 들었어? 베넷이 없어진대. 갈아엎어 버린다고 했지?"

수가 남아 있던 쿠키 반 조각을 입에 넣고 오물거리며 말했다.

"말도 안 돼. 도대체 왜들 그러는 거야?"

엘스페스가 안경 너머로 눈살을 찌푸렸다. 그러곤 이유를 알고 싶다는 듯 나를 쳐다봤다.

"서점을 싹 밀어 버리고, 거기다 새로 건물을 짓는대요. 새 건물 임대료는 너무 비싸서 베넷이 감당하지 못한대요."

"그래서 이 소녀들이 캠페인을 벌일 거래."

"오, 그렇구나! 진짜 멋진데! 새로운 포저 멤버이자 활동가구나!"

엘스페스가 내게 윙크하며 말했다.

"난 기꺼이 서명할게."

"나도! 난 베넷이 좋아. 시내에서 유일하게 내 아들 도미니크한테 모유 수유할 수 있었던 곳이야."

수가 잠시 추억에 잠겼다.

"이 동네에서 문 닫은 가게 보는 거, 이제 정말 지긋지긋해."

난 텅 빈 상점 유리창에 붙은 '토일렛(TOILET)' 안내문이 생각나 속으로 웃음이 났다.

"그럼 온라인 청원도 하니?"

"아직 그것까진……."

홀리가 대답했고, 곧 내가 거들었다.

"서점 직원들이 모두 함께할 준비가 될 때까지 기다려야 할 것 같아요."

나도 잘 알고 있다. 4주라는 마감 시한이 점점 다가온다는 걸. 마치 공포의 수학 시험이나 대왕 주삿바늘처럼.

"온라인 청원 사이트 한 군데서 항상 나한테 메일을 보내는데, 어디더라……."

수는 매니큐어를 바르지 않은 자기 발가락을 노려보며 기억해 내려고 애썼다. 홀리와 나는 얌전히 기다렸다.

"전에 장애인 수당 삭감 반대 서명을 했거든. 아, 어디였지? 거기서 다시 메일을 보낼 거야. 그럼 그때 알려 줄게. 그런 사이트가 몇 군데 있어. 그 왜, 클릭티비즘 관련해 클릭티비스트들이 활동하는데 있잖아."

수가 설명하다 말고 양해를 구하더니, 화장실로 향했다. 난 그러고 싶지 않았지만, 어쩔 수 없이 이런 생각을 하고 말았다. 모든 사람 앞에 서야 하는 수는 얼마나 완벽하고 말끔하게 뒤처리를 해야 할까? 수가 깨끗하지 않다는 뜻이 아니다. 우리가 목욕하고 욕조에서 나와 몸을 말리고 난 뒤에도, 몸속에 있던 따뜻한 목욕물이 뒤늦게 빠져나올 때가 있지 않은가. 난 그저 여러 사람 앞에서 그런 일이 벌어지는 걸 원치 않을 뿐이다.

"클릭티비스트가 뭐지? 클릭티비즘은 또 뭐고?"

홀리가 이 발음도 어려운 단어에 흥미를 느꼈다. 나도 잘 몰라서 어깨를 으쓱하자, 홀리는 휴대 전화를 꺼내 검색했다.

"아하, 이거구나."

홀리가 이제 알았다는 듯 중얼거리더니, 내게 설명했다.

"기본적으로 인터넷을 활용해 캠페인이나 청원 운동을 벌이는 거래."

그러곤 휴대 전화 화면을 좀 더 아래로 스크롤 했다.

"유사 단어로 슬랙티비즘*이 있대."

"아, 그럼 난 슬랙티비스트가 될지도 모르겠어."

내 말에 홀리는 가방에서 시리얼 바를 꺼내며 이렇게 되받았다.

"그럼 난 스낵티비스트 해야지."

난 홀리의 유치한 말장난에 눈을 흘겼다.

수업 후반부는 잘 기억나지 않는다. 흐릿한 가슴과 소년, 뺨과 소

---

* **슬랙티비즘** 게으름뱅이를 뜻하는 '슬래커(slacker)'와 '행동주의(activism)'의 합성어

년, 손과 소년, 수와 클라이브와 소년이 있을 뿐이다. 수가 옆으로 누워 한쪽 다리를 위로 뻗은 포즈를 취했을 때 (엄청 대담했다.) 소년이 내 쪽으로 몸을 기울이며 낮게 말했다.

"이거 써 봐."

난 소년이 내민 손을 덥석 잡았다. 아주 짧은 순간 아름다움을 느꼈다.

그런데 소년이 손에 든 연필로 내 손을 톡톡 쳤다. 뭐지? 세상에, 방금 내가 무슨 짓을 한 거지? 소년은 연필을 건넨 건데, 난 소년의 손을 잡아 버린 것이다. 그래, 좋아. 난 다시 연필을 잡았다. 내가 지금 강의실을 나가도 될까? 그러고 나서 엄마한테 계단 아래에 날 가둬 달라고 해야지. 내가 해리 포터의 작은 방 같은 곳에 숨는다면, 오히려 우리 사이에 큰 진전이 생길지도 모른다.

"아, 미안. 고마워."

난 연필을 이리저리 돌려 관찰했는데, 흔한 검은색 연필처럼 보였다. 옆면에 은색으로 '차이나그래프(유리용)'라고 적혀 있었다. 그리고 윗부분에는 잇자국이 몇 개 있었다. 소년의 잇자국이다. 소년은 이로 연필을 무는 습관이 있나 보다. 분명 소년은 펜의 윗부분도 물었을 것이다. 분명 그 아름다운 입술이 푸른 잉크로 얼룩졌던 때가 있었을 것이다. 왜 난 이런 생각을 하며 흥분하는 걸까?

난 소년이 빌려준 연필로 흰 종이 위를 눌렀다. 소년의 차이나그래프가 내 손가락 사이에 있다. 소년처럼 내가 연필 윗부분을 문다면, 우리 이가 닿은 것이나 마찬가지겠지.

이건 전혀 흔한 연필이 아니다. 선이 굵고 검게, 진하고 매끈하게 그어졌다. 파스텔처럼 유분이 없고 흑연처럼 광이 나지 않았다. 이 연필로 나의 '예쁜 선'이 더 예뻐졌다. 난 새로운 도구로 내 그림이 나아지는 것에 너무나 신나 하며, 드로잉에 빠져들었다. 이것은 소년의 연필이다. 이곳에 나와 함께 있는 너무나 아름다운 소년의 멋진 연필이다. 그런데 내가 너무 세게 누르는 바람에 연필이 똑 하고 부러졌다. 뒤에서 날 보는 시선이 느껴졌다. 홀리와 소년이 날 쳐다봤다. 난 다시 얼굴이 불타올랐다.

"미안. 정말 미안해. 부러뜨릴 생각은 없었어. 그냥……."

"와, 대단한데!"

소년이 씩 웃었고, 덩달아 나도 활짝 미소를 짓느라 볼이 얼얼했다.

"정말 일부러 그런 게 아니야. 미안. 내가 너무 흥분하는 바람에……."

내 말에 소년이 너무 크게 웃음을 터뜨렸다. 클라이브가 손을 들어 말했다.

"자, 집중해 주세요."

소년이 다시 내게 몸을 기울여 속삭였다.

"이걸로 해. 이번엔 제발 살살 다뤄 줘."

소년이 또 다른 차이나그래프를 건넸다. 잇자국이 없는 새것이다.

소년은 수를 더 잘 관찰하려고 매트리스 쪽으로 바짝 다가갔다. 수의 발에 집중하는 것 같았다. 오랫동안 수의 발톱 스케치에 심혈을 기울였다. 아마도 영화감독 쿠엔틴 타란티노처럼 발에 집착하고 매력을 느끼는 쪽인 것 같다. 난 그렇게 발을 좋아하진 않는다. TV에 나오는 발 각질 제거기 광고를 보는 것만으로도 속이 메스껍다. 하지만 소년의 발은 분명 매혹적일 것이다.

소년은 그림을 그릴 때 눈살을 찌푸리고 스케치북 쪽으로 등을 구부린다. 소년이 내 바로 옆에 있기 때문에 잘 알 수 있다. 수, 미안해요. 기분 나빠하지 마세요. 지금 난 이 소년에 사로잡혔어요. 난 소년을 열심히 바라보며, 실제로 소년을 그렸다.

발표 시간

"여러분, 수고했어요. 수, 오늘 모델이 돼 줘서 고마워요. 이제 가장 마음에 드는 스케치를 강의실 바닥에 꺼내 놓고, 작품에 관해 서로 의견을 나눠 봅시다."

클라이브가 당황스러워하는 내 얼굴을 봤는지 덧붙였다.

"부담 갖지는 말고요."

젠장. 스케치한 것에 관해 얘기하는 시간이 있다고 했던 클라이브의 말을 까맣게 잊고 있었다. 그러지 않았다면 넋 놓고 소년을 바라보는 데 마지막 20분을 흘려보내진 않았을 텐데. 내가 클라이브의 말을 기억했다면 소년을 쳐다보기만 했지, 실제로 그리지는 않았을 거다. 그래, 차이나그래프로 수를 스케치한 것만 꺼내 놓자. 난 다른 그림이 있는 스케치북은 내 의자 위에 올려 뒀다.

홀리가 가장 마음에 들어 한 작품은 보라색 잉크를 사용한 그림이었다. 어떤 데는 잉크 얼룩이 번지기도 했는데, 그게 움직이는 것처럼 보여 멋있었다. 홀리는 초조한 듯 손톱을 물어뜯었다.

귀 뒤에 연필을 꽂은 보이 밴드 남자애가 스케치를 바닥에 내려 놓았다. 그 애 그림은 엄청 이상했다. 밝은 분홍색과 노란색 사인펜으로, 수의 가슴과 성기에 '젖통', '갈보'라고 써 놨다. 어떤 화려한 글씨도 아닌, 그저 간결하고 굵은 손 글씨체였다. 홀리가 얼굴을 찌푸리며 조용히 내게 속삭였다.

"미친 거 아냐?"

클라이브가 고개를 들어 물었다.

"학생, 이름이 뭐죠?"

얘도 오늘 이 수업에 처음 온 모양이다.

"제이미예요."

그 애의 짙은 눈은 진지했으며 전혀 긴장하지 않은 것 같았다. 수의 몸에 이런 단어를 써 놓은 이유를 말하는 게 아무렇지도 않은 듯했다. 그나저나 수가 가운을 걸치고 바로 이 자리에 서 있다.

클라이브가 어색하게 웃으며 말했다.

"자, 그럼 작품에 관해 설명해 줄래요?"

"네. 제 그림은 기본적으로 많은 남자가 여성을 보는 관점을 나타낸 거예요."

그 애는 잠시 멈췄다 다시 말을 이었다.

"또는 그렇게 보라고 강요되기도 하죠. 저는 대상화된 여성을 표현한 거예요. 여성의 몸을 이런 식으로 취급하는 게 일상화됐어요. 스케치를 하면서 우리가 여성의 몸에 어떤 꼬리표를 붙이는지 생각해 봤어요. 실제로 그림에 꼬리표를 붙여 봤고, 결과는 이렇게 조잡

하고 끔찍하죠."

우아. 난 어제 베넷에 가던 길에 마주친 흰 승합차 녀석들이 생각
났다.

잠깐 침묵이 흘렀다. 제이미는 주위를 둘러봤다. 클라이브가 양
손을 가슴에 얹고 과장되게 심호흡을 했다.

"휴! 설명 잘 들었어요. 잠시 당황스러웠지만. 다른 분들 의견은
어떤가요?"

"제이미의 작품을 잘 이해했어요. 아주 용감한 접근이라고 생각
해요."

엘스페스가 크리넥스 갑 티슈처럼 아주 부드러운 목소리로 말했다.

"이 단어가 여성의 몸을 가리고 있어요. 우리는 관찰하는 입장에
서 단어 뒤에 가려진 실체를 제대로 볼 수 없죠."

이건 많은 수강생이 공감하는 부분이었다. 홀리도 인상을 풀었다.
제이미의 설명에 좀 감동한 것처럼 보였다. 홀리는 고개를 들어 얘기
했다.

"이 단어 빼고, 전체적인 비율하고 균형은 딱 맞아요."

"고마워요!"

제이미는 이런 평가를 진심으로 겸손하고 기쁘게 받아들이는 모
습이었다. 우리는 강의실을 돌아다니며 서로의 작품에 관해 이야기
를 나눴다. 확실히 의미 있는 시간이었다. 수강생 몇몇은 이미 나이
가 들 만큼 들었지만, 모두 함께 배우고 있었다.

"아름다운 차이나그래프 작품이네요."

클라이브가 얼굴을 찡긋하곤 내 그림을 칭찬했다.

"누가 그린 거죠?"

나는 손을 들어 보였다. 하지만 시선은 미소 짓는 소년에게 가 있었다.

"멋진 그림이에요. 선의 두께를 아주 잘 조절했어요."

"감사합니다."

클라이브의 평가에 더없이 기분이 좋았다. 파커 선생님 미술 수업보다 이 강의가 확실히 더 낫다.

"주로 차이나그래프로 그리나요?"

"어, 아뇨. 처음 써 봤어요."

소년이 자기 신발을 내려다보자 머리카락이 눈을 가렸다. 난 무릎이 녹아내려 신발 안으로 떨어지는 기분이었다.

"학생하고 딱 맞네요. 이번 시간에 모든 그림을 차이나그래프로 그렸나요? 아니면 중간에 바꾼 건가요?"

클라이브가 고개를 들어 날 바라보며 물었다.

"바꾼 거예요. 펜을 쓰다가…… 바꿨어요."

"그랬군요. 그럼 처음에 그린 작품을 좀 볼 수 있을까요? 난 차이나그래프의 질감을 참 좋아해요. 그걸 학생이 잘 표현해 줬고요. 선이 어떻게 달라졌는지 다른 스케치와 비교해 보고 싶군요."

안 돼요! 그건 절대, 절대로 안 돼요! 소년이 스케치북 안에 있단 말이에요. 내가 정신을 놓고 그린 소년의 모습이 스케치북에 들어 있어요. 그러니까 안 돼요.

"안 돼요."

"뭐라고요?"

제발, 안 된다고 했잖아요!

"다른 그림은 잉크를 쏟는 바람에 다 망쳐 버렸거든요."

난 이렇게 말하고 나서 완전히 정신 나간 사람처럼 웃어 댔다. 아무도 손댈 수 없게 스케치북을 꼭 쥐었다. 클라이브의 얼굴에 '정신이 온전치 않은 애가 틀림없군. 그만 자리를 피해야겠어.'라고 쓰여 있는 걸 똑똑히 봤다.

"네, 알겠어요. 이번에는 엘스페스의 그림을 좀 볼까요?"

나머지 시간은 제대로 집중하지 못했다. 그저 소년의 모습이 담긴 스케치북을 가슴에 끌어안고 있었다. 그러곤 이따금 작은 종잇조각 모양의 소년이 내 가슴에 딱 파고들면 어떨까 생각했다. 마치 소년을 내 몸으로 불러들일 수 있는 주술 인형처럼. 아, 페이지 정신 차려!

"자, 여러분. 수고했습니다. 오늘 함께해 줘서 고맙습니다. 다음 주 이 시간에 이곳에서 또 만나죠."

클라이브가 손뼉을 치며 미소 지었다.

홀리와 내가 가방을 챙기는데, 소년이 가죽 재킷을 걸치며 날 향해 돌아섰다. 난 입을 꼭 다물고 미소를 띠었다. 그렇게 하지 않으면, 소년 앞에서 토를 할 것만 같았기 때문이다.

"잘 가."

소년이 100퍼센트 내게, 오직 내게 이렇게 말했다.

"잘 가."

소년은 스케치북을 접어 팔에 끼운 채, 강의실을 떠났다. 오, 내가 저 스케치북이었으면.

"얘들아!"

수가 가늘게 뜬 눈으로 휴대 전화 화면을 쳐다보며 다급하게 불렀다.

"여기, 찾았어. 아까 말한 청원 사이트야."

수가 집중하느라 혀를 조금 내밀면서 휴대 전화 화면을 스크롤했다.

"자, 이거야. '메이크 어 체인지 닷 오알지.'"

"수, 정말 고마워요!"

내 휴대 전화에 홈페이지 주소를 입력했다.

"꽤 좋은 방법이지? 그냥 클릭만 하면 되니까. 옛날처럼 밖에서 구호를 외치며 추위에 떨지 않아도 되고 말이야."

엘스페스가 싱긋 웃으며 말했다.

"그래도 그때가 재밌었지."

"오, 이거 좋은데. 이거 좀 봐."

수가 홀리와 내게 휴대 전화 화면을 보여 주며 설명했다.

"1000명이 서명에 동참하면, 시 의회에서 답변을 준다고 하네."

"아, 잘됐어요!"

이 조항이 우리가 베넷을 지키는 데 꼭 필요한 것일 수도 있다.

"준비되면 나도 끼워 줘."

"네. 아직 몇 가지 해결해야 할 일이 있어요. 최대한 빨리 진행할 거예요!"

"너희가 문제를 제기하려는 대상이 누군지 분명히 알아야 해."

수가 눈에 힘을 주며 방금 한 말이 얼마나 중요한지 강조했다.

"건물주와 시 의회는 이곳을 철거하려고 단단히 벼르고 있어. 그들의 계획을 받아들일 수 없다는 걸 너희가 확실히 전해야 해."

"네."

난 방금 수가 한 말을 잊지 않으려고 스케치북 한쪽 구석에 휘갈겨 썼다.

"다음 주에 만나면 우리한테도 링크를 보내 줘. 서점 지키는 걸 도울게."

"정말 고마워요."

난 진심으로 감사했다. 수는 내가 좋아하는 사람 중 한 명이 된 것 같다.

"우리 모델이 돼 줘서 고마워요!"

홀리가 갑자기 끼어들었다. 수의 팬이 된 홀리에겐 지금 이 얘기가 가장 중요하다.

"하하!"

수가 머리를 뒤로 젖히고 온몸이 떨리도록 웃었다.

"언제든 모델이 돼 줄게. 너희 아주 멋지게 그렸던데. 전에 누드 드로잉 해 본 적 있니?"

우리 서점 지키기 운동 본부의 일원인 홀리가 미술 수업과 학교생

활, 파커 선생님에 대해 수다를 떠는 동안, 난 수의 어깨너머를 살피며 소년이 어디로 갔을지 궁금해했다.

굿바이 세일 따윈 필요 없어

"오, 젠장!"

토니가 크고 납작한 봉투를 열어 보더니 손가락으로 콧대를 잡으며 말했다.

"본사에서 이런 걸 보냈군."

브리짓이 봉투에서 포스터 몇 장을 꺼냈다. 포스터에는 보기 싫은 붉은 글자로 "굿바이 세일! 몽땅 처분!"이라고 적혀 있었다.

그래. 모든 것이 처분되는 게 현실이다. 예를 들어 여기 빈둥거리는 어린 서점 아르바이트생까지도.

"이건 붙이지 않을 겁니다."

애덤이 단호하게 말했지만, 토니가 퉁명스럽게 답했다.

"아니, 붙여야 해."

"안 돼요."

내가 포스터를 낚아채며 말했다.

"페이지, 이리 줘."

난 토니 말을 무시하고 펜을 찾았다. 다행히 굵은 검은색 사인펜이 있었다.

"어쩔 수 없이 붙여야 한다면, 사람들이 오해하지 않게 약간 수정하는 게 좋겠어요."

난 바닥에 무릎을 꿇고 첫 번째 포스터 위쪽 '굿바이 세일' 옆에 "따윈 필요 없음"이라고 갈겨썼다. 애덤이 손뼉을 치더니 진한 녹색 매직으로 다른 포스터에 똑같이 적어 넣었다. 난 '필요 없음' 아래 두 번 밑줄을 그었다. 생각했던 것보다 더 마음에 들었다.

"자, 됐어요!"

난 만족스러워하며 바닥에서 일어났다.

토니는 웃지 않으려고 애썼다. 그러고는 열쇠를 쨍그랑거리며 중얼거렸다.

"빌어먹을. 문이나 열어야겠군."

'굿바이 세일 따윈 필요 없음' 포스터에 정신이 바짝 들었다. 계속 시간이 흐르고 있다.

"오늘 우리 온라인 청원을 준비해야 해요. 저와 함께하실 분?"

"하던 일은 계속해야 하는 거 잊지 말고."

토니가 또 잔소리를 시작했다.

"아직 할 일이 많아. 청원 준비 때문에 할 일을 제때 하지 않는 일은 없었으면 좋겠구나."

토니의 말에 내가 눈을 굴렸다. 토니가 내 표정을 바로 알아챌 거라는 것도 잘 안다.

"음, 실례합니다."

청원 사이트 계정을 만드는데, 카운터 너머에서 누군가 말을 걸었다. 맙소사, 반스 씨다.

"드라마 〈코로네이션 스트리트〉에 관한 책이 있을까요?"

부탁인데, 내 가슴 좀 그만 쳐다보시죠! 이 남자는 올 때마다 이렇게 노골적으로 가슴을 쳐다본다.

"찾아보겠습니다."

컴퓨터로 제목을 검색했지만, 웬일로 해당하는 결과가 없었다.

"죄송하지만, 관련된 책이 없네요."

정말 소름 끼치게 이 사람이 싫었지만, 나는 최상의 고객 서비스 교육을 받은 베넷의 일원으로서 웃는 얼굴을 하려고 무지 노력했다.

반스 씨는 토요일마다 서점에 들렀고, '좀도둑질'로 몇 번 곤욕을 치렀다. 도둑질에 서툰 반스 씨는 모두가 훤히 보는 데서 바지 앞쪽에 책을 욱여넣고는 출입문 쪽으로 어기적어기적 걸어갔었다. 베넷 같은 서점에서 책을 훔치려면 얼마나 지질해져야 할까?

반스 씨는 발을 질질 끌며 카운터에서 '피트니스 & 헬스' 코너로 향했고, 난 카운터 뒤로 물러나 털썩 앉아 '베넷 서점을 지키자'라는 제목의 청원 내용 초안을 작성했다.

사실 오늘 서점은 평소보다 좀 더 바빴다. 그게 창문에 붙인 굿바이 세일 포스터 때문이라 기분이 좋지 않았다. 그레이스워스 주민 중 가장 특이한 이들만 모이는 서점 위층에도 오늘따라 더 많은 사람이 모였다.

머리 위에 화려한 선글라스를 얹고 청바지를 입은 한 여자가 서점 안쪽에서 카운터를 향해 외쳤다.

"이 책도 할인하나요?"

여자는 자습서를 머리 위로 들어 흔들었다.

"네. 물론이죠."

내가 큰 소리로 대답했지만, 반응이 없었다. 여자는 휴대 전화를 들어 뭔가 하더니 실눈을 뜨고 화면을 쳐다봤다. 난 여자가 뭘 하고 있는지 정확히 안다.

"아, 온라인 서점이 더 싸네요. 그냥 여기 둘게요."

애덤이 내 옆으로 와서 말했다.

"할인을 해도 온라인이 더 싸다니, 우리는 망해도 싼 건가?"

내가 좋아하는 말장난에도 별 반응이 없자, 애덤이 무슨 일이 있느냐고 물었다. 자지러지게 웃지 않는 게 나답지 않은 것이다. 난 그냥 좀 피곤했다. 요즘 밤늦게까지 잠들지 못했다. 포저 수업 이후 매일 밤 내가 스케치한 소년의 그림을 들여다보고 있다. 완전 사이코패스 같은 행동이라는 걸 알지만 소년의 흔적을 어디에서도 찾을 수 없었다. 홀리가 스스로 무척 자랑스럽게 생각하는 '수준급 온라인 스토킹 능력'을 최대한 발휘해 봤지만, 소년을 추적하는 데 실패했다. 온라인에서는 소년의 존재를 확인할 수 없었다. 스케치한 것이 내가 가진 전부였다. 뭐, 차이나그래프도 있긴 하지만.

이건 〈스노우맨〉에 나오는 목도리와 같다. 소년이 실재했다는 증

거다. 난 꿈을 꾼 게 아니다.

그건 그렇고 난 모든 사람이 좋아하는 크리스마스 시즌용 최루성 영화에 지나치게 현실이 반영되는 것을 원하지 않는다. 세상에서 가장 슬픈 영화의 엔딩 크레디트가 올라가는 가운데, 눈 내리는 마당에서 슬리퍼만 신고 서서 연필을 들여다보며 우는 장면은 감당하지 못할 거 같다.

"애덤, 이것 좀 보세요."

난 애덤을 불러 청원 사이트에 게시된 글을 함께 읽었다.

"서명 인원 1000명을 달성한 청원에 대해 의회가 답변을 주기까지 평일 기준으로 5일에서 7일이 걸린대요."

그건 우리에게 시간이 훨씬 더 부족하단 의미였다. 해고당하기 전까지 시 의회로부터 어떤 답이라도 들으려면 말이다. 앞으로 3주도 안 남았다.

"이런, 서둘러야겠는데!"

내가 컴퓨터 화면을 몇 번 더 클릭한 뒤 말했다.

"자, 다 됐어요! 우리 청원을 올렸어요."

애덤과 얼싸안느라 머리가 망가졌지만 상관없었다.

"자, 이제 지인들한테 청원 페이지 주소를 보내야겠구나."

"전단을 만들어서 우리가 판매하는 책 사이에 끼워 넣으면 좋을 것 같아요. 책갈피처럼요."

난 서점에 온 모든 사람에게 이 캠페인을 알릴 것이다.

"그래! 좋은 생각이구나!"

이제 정말 시작이다.

"아, 다른 베넷 지점에도 전부 알려야겠다."

애덤이 키보드를 두드리기 시작했다.

난 고물 프린터에 넣을 종이를 찾으려고 카운터 밑을 뒤졌는데, 처음으로 그곳에 뭔가 적혀 있는 걸 발견했다.

"애덤, 이게 뭐죠?"

오래된 나무로 된 벽면에 볼펜으로 긁어서 쓴 글자를 손끝으로 따라갔다. 애덤이 뭔가 하고 내 옆에 웅크리고 앉았다.

"아, 이거. 옛날부터 있었어. 누가 그랬는지는 모르겠구나. 근데 기물을 파손해 가며 더 스미스의 가사를 쓸 수 있는 건 서점 사람뿐이겠지."

난 벽에 낙서한 대범한 (또 진실을 명확하게 짚은) 행동에 미소 지었다.

"이 말이 맞아요. 알다시피, 책은 인생보다 더 많은 걸 담고 있죠."*

---

* 벽에 새긴 낙서는 더 스미스의 〈핸섬 데블〉 가사 중 '인생은 책보다 더 많은 걸 담고 있지, 너도 알다시피(There's more to life than book, you know)'를 정반대로 적은 것이다.

완벽한 타이밍

난 점심시간에 쇼핑몰로 갔다. 한 앨범에 네 곡만 들어 있는, 80년대 유행한 파워 발라드가 조그마한 스피커를 통해 허름한 상점 몇 개만 남은 쇼핑몰에 크게 울려 퍼졌다.

난 '#베넷을_지키자'라고 적은 책갈피 전단을 출력해서 마치 부케처럼 들었다. 귀엽고 반짝이는 마스킹 테이프로 이 소중한 책갈피 전단을 시내 한가운데 붙여 사람들이 모두 볼 수 있게 할 생각이다. 프린터에 검정 잉크가 별로 없어 의도치 않게 글자에 밑줄이 쫙 들어갔는데, 오히려 눈에 잘 띄었다.

화장품 가게와 버스 정류장 입구 사이에 설치된 주민 게시판을 발견했다. 정원 장식용 가구 판매 광고와 베이비 시터 구인 광고, 푸드 뱅크 긴급 모금 호소문 사이에 자리가 있었다. 잃어버린 고양이를 찾는 포스터를 가리지 않도록 조심하면서, 우리 전단 몇 장을 붙였다. 실제로 누가 읽을지는 잘 모르겠지만, 해 볼 만하다고 생각한다.

오늘 밤 루시 생일 파티에 가져갈 선물도 준비해야 했다. 루시에게 뭘 사 줘야 할지 모르겠지만, 일단 실패할 확률을 줄이려고 내 후각이 이끄는 대로 러쉬로 향했다. 러쉬에서 돌 하나로 새 두 마리를 잡을 수 있을 거라는 생각이 들었다. 이곳에는 윤리적이고 양심적이며, 머리를 헤나로 염색하는 엄격한 채식주의자들이 모인다. 물론 채식주의자들은 내가 어떤 새든 돌로 쳐 죽이는 것을 용납하지 않겠지만. 아무튼 그 사람들에게 우리 캠페인에 대한 지지를 얻을 수 있겠지.

난 분홍색 하트 모양 입욕제와 풍선껌 향이 나는 입술 각질 제거제를 골라 곱슬머리 점원에게 건넸다. 점원은 선물을 포장해서 쇼핑백에 담아 줬다. 동물 실험을 하지 않은 주황색 천연 립스틱을 바른 여자 점원이 가지런한 치아를 반짝이며 내게 웃어 보였다.

난 용기를 내 말했다.

"카운터에 전단을 좀 놔둬도 괜찮을까요?"

점원은 전단 내용을 읽었다.

"전 베넷 서점에서 일하는데, 3주 안에 서점이 폐점되고 철거될 상황이에요."

점원은 안됐다는 듯 입을 비죽 내밀었다.

"베넷이 계속 영업할 수 있게 친구분들과 함께 이 캠페인에 동참하고 내용을 공유해 주셨으면 해요."

"그럼요! 그럴게요. 수고가 많네요. 행운을 빌어요!"

내 입가에 미소가 떠올랐다. 사람들에게 캠페인에 관해 이야기할 때 기분이 정말 좋다. 모르는 사람들, 낯선 사람들도 우리 캠페인을 기꺼이 돕고 싶어 한다. 러쉬에서 나와 서점으로 돌아오면서 쇼핑객들과 점심 먹으러 나온 점원들에게 전단을 나눠 줬다. 사람들은 콜라를 마시며 휴대 전화로 청원 사이트에 접속해 우리 청원에 서명했다.

사물함에 가방을 넣는데 홀리가 디스코를 부르며 직원 사무실 문을 박차고 들어왔다. 난 곧바로 홀리의 노래를 따라 불렀다. 우리는 이런 끼와 재능을 이 동네에서 썩히고 있다. 니키가 〈북셀러〉 최신호 뒤에서 눈썹을 올리며 한숨을 내쉬었다. 뭐, 니키가 싫어해도 상관없다.

"루시한테 뭘 선물해야 할지 몰라서 그냥 러쉬에 갔어."

포장지를 뜯어 입욕제를 홀리의 얼굴에 들이밀었다. 너무 바짝 갖다 대는 바람에 홀리의 뺨에 분홍색 가루가 묻었다.

"에고!"

토니가 직원 사무실로 들어왔다. 왜 난 꼭 이상한 짓을 할 때마다 토니한테 딱 걸리는 걸까? 토니는 손목시계를 한 번 보고는 날 쳐다봤다. 그러고 나서 벽시계로 시선을 옮겼다. 근무 시간이라는 얘기다. 그래요, 3분이나 지났네요. 어서 일하러 가라는 표정을 짓는 토니에게 점심시간에 전단을 나눠 준 일을 자세히 설명했다. 토니는 탐탁지 않은 듯 툴툴거렸다. 내 손에 입욕제 가루가 잔뜩 묻어 있었지만, 당장 아래층으로 내려가 책을 팔지 않고 여기 더 있다간 토니가 진짜 폭발해 버릴 것 같았다.

매장에 돌아오니, '굿바이 세일 따윈 필요 없음'의 여파로 몰려든

메뚜기 떼 같은 손님들 때문에 좀 엉망진창이었다. 애덤이 우울한 표정으로 카운터에 서 있었다.

"페이지, 참 별로겠지만……."

애덤이 광택제 한 통과 노란 걸레를 들고 있었다.

"토니가 서가 위쪽에 먼지를 좀 닦아 달래. 알레르기만 아니면 내가 할 텐데."

애덤은 내가 볼멘소리를 할 거라고 생각하는 것 같았다. 물론 실제로도 그러고 싶었지만, 꾹 참으며 청소 도구를 건네받았다. 괜찮아. 먼지 좀 닦으면 되지. 그렇다고 뭐 열심히 할 건 아니지만. 그냥 애덤 가까이에서 먼지 닦으면서 수다 떨어야지.

"애덤, 오늘 저녁에 뭐 하세요?"

"뭐, 친구들하고 술 한잔할 거야. 불안증에 좋지 않아서 좀 줄이려고 노력 중이지만."

불쌍한 애덤은 불안증에 시달리고 있었다. 서점이 문을 닫고 실직할 수도 있는 상황에서 잡담을 나눈다고 모든 게 아무렇지 않다고 생각해선 안 된다. 애덤은 목덜미를 문지르며 화제를 바꿨다.

"페이지, 넌 뭐 할 거니?"

"생일 파티에 갈 거예요."

"오, 좋겠구나. 내가 네 나이 때 갔던 생일 파티가 기억나네."

애덤은 시선을 멀리 뒀다. 곧 안경 너머 애덤의 눈이 흐려졌다. 애덤은 세월이 너무 많이 흘렀다고 생각하는 것 같았다. 괜히 애덤에게 이런 회상에 잠기는 순간을 만들어 준 것 같다. 그래서 난 스스로 다짐했다. 사람들이 '내가 네 나이 때'라고 말하게 되는 상황을 절대 만들지 않도록 노력할 것이다.

나는 까치발을 해 서가 높은 선반 위의 두꺼운 먼지를 닦아 냈다. 그러다 먼지가 눈에 들어가 손으로 문질렀는데, 눈에서 불이 났다. 손에 입욕제 가루가 묻어 있었다는 걸 깜박하고 왼쪽 눈을 비빈 것이다. 입욕제 가루와 서가 먼지, 광택제가 한데 섞여 눈물이 주르르 흘러내렸다. 뭔가 크고 날카로운 게 눈을 찌르는 것 같았다.

"페이지, 괜찮니?"

애덤이 진심으로 걱정스러워했다. 애덤은 당연히 그래야 한다. 난 눈앞이 안 보인다고요.

"눈에 뭐가 들어갔어요. 너무 따가워요."

창피하게 이제 콧물도 질질 흘렀다.

"니키를 불러올게. 어떻게 해야 할지 알 거야."

애덤, 좋은 생각이에요. 니키는 응급 처치 훈련을 받은 사람이니까요.

난 가만히 서서 눈을 깜빡였다. 내 검은 마스카라와 아이라이너가 눈에 들어간 것들과 뒤섞이면서 시야를 가리고 있었다. 어느새 니키가 다가와 내 귀에다 대고 소리쳤다.

"페이지, 내 말 들리니?"

네! 그럼요. 잘 들려요. 아주 크고 명료하게 들리죠. 저 아직 살아 있거든요. 아닌가요?

"그래, 어디 좀 보자."

니키는 얼굴을 잡고 있던 내 손을 떼 내고 손전등을 비췄다.

"눈에 지저분한 게 들어갔어. 위층 화장실로 가서 좀 씻어 내자."

화장실에서 니키가 내 눈을 살폈고, 난 맑아진 느낌이 들 때까지 눈꺼풀을 위로 당겨 눈알을 상하좌우로 굴렸다.

"페이지, 눈 화장을 지워야겠구나."

니키는 마치 요리 실습 때는 매니큐어를 지우라고 지적하는 학교 선생님처럼 말했다. 거울을 봤더니, 왼쪽 눈이 거의 감겨 있고 뺨에 까만 아이라이너 국물이 흘러내리고 있었다. 팀 버튼 영화의 주인공 같았다. 해피 핼러윈!

니키가 거울에 비친 날 바라봤다.

"음, 난 벌써 서명했어. 또 청원 페이지 주소도 여러 사람한테 공유했고."

난 코를 훌쩍거렸다. 화장실 휴지와 물로 지저분한 뺨을 닦아 내며 니키를 향해 미소 지었다.

"정말 고마워요!"

니키는 매장으로 돌아가기 전 화장실 문 앞에 서서 말했다.

"힘내!"

매장에 돌아오자 애덤이 벌떡 일어났다. 내 모습이 지금 엉망인 걸 잘 안다. 아야! 너무 아파.

애덤은 쉬는 시간이라 황급히 떠나 버렸고, 이제 내가 손님을 응대해야 했다.

반스 씨, 그러니까 훔친 책을 억지로 바지 앞에 욱여넣길 좋아하는 손님이 또 왔다. 난 반스 씨에게 베넷 서점을 지키기 위한 청원에 관해 말했다. 이 청원을 지지하지 않으면, 우리 서점에서 물건을 훔치는 것도 이제 끝이라는 사실을 반스 씨가 알아야 할 것 같았다.

베넷의 아주 오랜 단골손님인 애벗 씨가 평소 늘 앉는 창가 자리에 있었다. 흰 턱수염을 기르고 헌팅캡을 쓴 애벗 씨는 서점 바닥을 내려다보며 혼자 싱긋 웃었다. 이미 난 애벗 씨에게 우리 청원 운동에 관해 대화를 시도해 보았지만, 애벗 씨는 늘 보여 왔던 반응을 했다. 그저 찌푸린 얼굴로 독일 해군에 관한 책이 있는지 물었다. 애벗 씨는 매일같이 '양돈'이나 '턱수염 지식', '독일 해군', '체리 에이드'에 관한 책을 찾았다. 실제로 그런 책을 원하는 것은 분명 아닌 듯했다. 그저 머릿속에서 뒤죽박죽된 단어를 몇 개 조합해 내뱉는 것 같았다. 하지만 고맙게도 애벗 씨만이 입욕제 가루에 처참히 망가진 내 모습에 전혀 동요하지 않았다.

저 멀리 소년이 보였다. 세상에! 포저 수업을 듣는 아름다운 소년이 서점에 왔다.

오, 젠장. 이 눈을 어째! 이런 몰골을 보일 순 없어.

난 눈에서 나오는 분비물을 닦으려고 챙겨 온 화장실 휴지를 꼭 쥐고서, 실물 크기로 제작된 베이킹의 여왕 메리 베리 여사 광고판 뒤에 쪼그려 앉았다. 소년은 누가 없나 살피듯이 주위를 힐끗거렸다. 날 찾는 건가? 날 다시 보러 여기 왔나 봐. 왜 하필 이럴 때 왔지?

나는 비밀 은신처에서 소년을 지켜봤다. 소년이 오늘 내가 딱 진열해 둔 《빅토리아 시대 인체 해부학 도감》을 집어 들었다. 내가 소년의 손에 저 책을 쥐여 준 거나 마찬가지다. 그래. 우린 운명이야! 주먹을 불끈 쥐고 조용히 쾌재를 부르는데, 갑자기 누군가 내 앞에 서더니 광고판을 확 치웠다.

"저기요?"

젠장! 난 자리에서 일어나 도움을 청하는 여자 손님을 쳐다봤다. 손님은 내 눈을 보고는 흠칫 놀랐다.

"어머, 괜찮아요?"

난 광고판에 달라붙으며, 손님의 말은 무시하고 과장되게 미소를 지었다.

"무엇을 도와 드릴까요?"

손님은 스페인어 회화책을 찾고 있었다. 살금살금 걸으며 손님을 오른쪽 서가로 안내했다. 소년이 아직 날 발견하지 못해 다행이었다.

서두르자! 난 바닥에 주저앉아 네발로 기어 은신처를 향했다. 하지만 너무 느렸다.

"저기."

순간 얼어붙었다. 바닥에 엎드려 기는 자세로 뒤를 돌아봤다. 소년이었다.

난 '안녕!'이라고 아주 자연스럽게 대답하려 했다. 아직 덜 자란 열여섯 살짜리 여자애가 뮤지컬 〈캣츠〉를 따라 하느라 카펫 위를 기어 다니는 건 그다지 이상한 게 아니라는 듯이.

"지금 뭐 해?"

소년이 웃음을 터뜨렸다. 소년의 보조개에서 헤어 나오지 못할 것 같다.

"아, 여기…… 이걸 좀 떼느라고."

난 맨손으로 카펫 위를 더듬어 누가 뱉어 놓은 껌을 떼어 냈다. 으악, 못 살아. 어디서 나타난 건지, 누가 씹던 건지 모르겠지만, 껌은 아직 축축했다. 난 한 손엔 껌을 들고 한쪽 눈은 확 뒤집어진 채, '세상에서 가장 매력적인 소년'과 마주했다.

"아, 그래. 그랬구나."

분명 소년은 데이트 신청하기에는 너무 이상한 상황이라고 생각하겠지. 난 벌떡 일어나 손을 흔들어 껌을 카운터 뒤 휴지통에 넣었다. 윽, 토 나와.

"아, 안녕! 미안!"

난 웃어 보려 했다. 근데 내 부실한 눈이 꼼짝도 하지 않은 게 느껴졌다. 맙소사! 윙크한 것처럼 보였을 거다.

"괜찮아? 눈이 좀…… 아파 보여."

소년이 걱정스레 물었다. 아, 다정한 것 봐! 근데 너무 창피해!

"괜찮아. 걱정해 줘서 고마워."

이게 끝? 이 말이 전부야? 아마 그렇겠지. 정말 잘났다.

소년이 카운터 위에 놓인 '#베넷을_지키자' 전단을 몇 장 집어 들며 입을 비죽 내밀었다. 죽음이다.

"몇 장 가져가도 돼?"

난 자동차 앞에 놓아둔 태양광 강아지 인형처럼 고개를 끄덕였다.

"온라인 서명 운동 맞지?"

소년이 진지한 표정으로 날 똑바로 바라보며 물었다. 난 나 자신에게 짜증이 났다. 소년 앞에서 너무 어색한 나머지 캠페인에 관해 별거 아니라는 듯 대충 얼버무리려 했기 때문이다.

"넌 활동가야?"

소년이 눈썹을 치켜세우며 물었고, 난 웃음을 터뜨렸다. 나한테 농담한 거 맞지? 정말 재밌어.

"어, 그러니까, 이 캠페인을 하면서 활동가가 된 거 같아."

내 대답에 소년은 웃지 않았다.

"그러는 넌 활동가야?

내 질문에 소년은 입을 비죽거리며 말했다.

"글쎄, 런던에서 집회나 시위에 몇 번 참가했어. 그래, 뭐. 활동가라고 할 수 있지. 난 내가 아나키스트라고 생각해. 개인의 절대적 자유 보장이 내 신념이거든."

"멋지다!"

난 불쑥 내뱉었다. 소년의 활동에 대해 뻔뻔스럽게 감동하지 않은 척할 수 없었다. 소년은 잘생긴 데다 예술을 사랑하며, 게다가 런던 집회에도 참여한 적 있는, 자유를 위한 투사니까.

"음, 나도 이 캠페인에 동참하고 싶어."

소년이 말했다. 이건 정말 중요하다. 소년은 우리 캠페인을 지지한다. 지금 당장 내 인생에서 가장 중요한 일에 관심을 보이는 것이다. 이 마법 같은 순간에 난 괴물 같은 모습을 하고 있다니 너무 불공평

하다.

소년 앞에서 사라질 핑곗거리를 생각했다.

"이제 일하러 가야 할 것 같아."

난 거짓말을 했다. 마치 내가 이런 만남에 목매지 않고 다른 걸 할 수 있다는 듯.

"아, 그래. 나도 캠페인이든 뭐든 끼워 줘. 함께할게."

"좋아. 고마워."

난 이렇게 말하고 나서, 베넷의 쇼윈도에 갇혔던 소년을 본 순간부터 내내 궁금해 죽을 지경이던 걸 물었다.

"근데, 너 이름이 뭐야?"

"블레인 헨더슨이야."

와! 어쩜, 이름도 완벽해!

"난 페이지야. 성은 터너고. 페이지 터너."

"그래, 다음에 보자! 페이지 터너."

블레인이 귀 뒤에 꽂아 놓은 담배를 빼며 서점을 떠났다.

어떤 영감님이 카운터로 발을 끌며 다가와 쉰 목소리로 말했다.

"수고하려무나! 베넷은 폐점되지 않을 게다!"

아, 네네. 그래야죠. 그나저나 루시가 생일 선물을 마음에 들어 했으면 좋겠다.

환상의 파트너

　홀리와 난 향수랑 헤어스프레이 입자가 구름처럼 자욱한 펍 앞에 섰다. 루시는 열여섯 번째 생일 파티를 멋들어지게 열려고 펍 안쪽 파티 룸을 빌렸다.

　난 거의 집에서 생일 파티를 했다. 애벌레 모양 케이크를 먹고, 파티가 끝난 뒤 친구들에게 감정에 따라 색이 변하는 진실 반지와 초콜릿 과자가 든 선물 주머니를 챙겨 주는 그런 파티다. 내 생일 파티만큼 홀리의 밤샘 생일 파티도 좋아한다. 우리는 잠옷을 맞춰 입고 우리 몸무게의 두 배나 되는 피자를 먹어 치웠다. 굳이 밖에 나가지 않고 집에서 노는 것도 재미있었다.

　우리 동네의 어떤 클럽에도 발을 들여놓을 생각이 없는 홀리와 내게 이런 촌스럽고 어르신들이나 가는 펍에 딸린 파티 룸은 보나 마나 시시할 거다. 하지만 우리는 슈퍼스타처럼 행동하려 한다. 레드 카펫을 빛낸 '베스트 드레서'로 선정된 우리의 행동 하나하나에 전 세계가 주목하고, 새로운 유행이 탄생할 것이다.

홀리가 새로 곱게 매니큐어를 칠한 손으로 중고 판매점에서 산 드레스를 걸친 내 등을 떠밀었다. 그래. 난 드레스를 입었다. 우리는 미국 고등학교를 배경으로 한 영화 마지막 장면에 등장하는 댄스파티에 온 것처럼 한껏 멋을 냈다.

난 세이브더칠드런에서 운영하는 중고 판매점에서 60년대 풍의 루렉스 소재 드레스를 발견했다. 은빛이 도는 분홍색 꽃무늬 패턴을 쓰다듬고는 (모두 잘 알다시피 중고품에서 풍기는 악취 때문에 입으로만 숨을 쉬면서) 가슴팍에 드레스를 끌어안았다. 드레스에 한눈에 반해 어느새 10파운드짜리 지폐를 내밀고 있었다. 그러고 나서 홀리네 집에서 메이크업 강의 동영상을 보며 인조 속눈썹을 붙이고, 오랜 시간 거꾸로 빗질해 봉긋 솟은 머리를 만들었다. 이렇게 우리는 매력적인 스타일을 완성했다.

스테인드글라스로 된 출입문을 밀고 펍 안으로 들어가 잠시 우뚝 서 있었다. 슬롯머신이 희미하게 보이고, 맥주에 젖은 매트에서 퀴퀴한 냄새가 났다.

이가 별로 없고 괴팍해 보이는 아저씨 몇 명이 메뉴를 적어 놓은 칠판 아래쪽에 앉아 있었는데, 의자를 돌려 홀리와 날 음흉하게 쳐다봤다.

난 팔로 상체를 가렸다. 내 드레스를 바라보는 아저씨들의 충혈된 눈이 너무 의식됐다.

"이쁜이들, 반가워!"

어휴! 꽤나 마음이 넓은 사람들은 남자들이 이딴 식으로 말하는 것에 대해 '뭘 그래, 아저씨들이 친절하게 대하는 게 뭐가 문제야?'라고 생각할지 모르겠다.

난 사람들이 진심으로 친절한 것을 두고는 뭐라 하지 않는다. 하지만 이 사람들이 열여섯 난 남자애들에게는 이런 말을 건네지 않을 거라는 점이 문제다. 오로지 우리가 여자애이기 때문에 이런 말을 듣는 것이다. 이럴 때 가장 올바른 대처 방법은 그냥 무시하는 거겠지? 일을 키우지 말자. 아저씨들을 자극하지 마. 비록 저들의 변태 같은 시선이 당혹스럽더라도.

이것은 남자들의 특권이다. 남자들은 어린 여자에게 자신이 하고 싶은 말을 마음껏 할 수 있다고 생각한다. 그리고 여자나 소녀가 자신들에게 즐거움을 선사하기 위해 존재한다고 생각한다.

하지만 오늘 밤 펍에 오기 전 내가 머리를 만지고 의상에 신경 쓴 건, 결코 남자들이 좋아하라고 한 게 아니다.

홀리가 내 손을 잡아끌었다. 우리는 뒤쪽 문을 열고 들어가 "디제이 데이브가 루시의 열여섯 번째 생일을 축하합니다." 소리가 들리는 쪽으로 향했다.

디제이 데이브는 우리가 예상했던 것과 똑같은 모습이었다. 불꽃 무늬가 들어간 반소매 셔츠를 입고, 야생 동물이 그려진 분홍색 헬륨 풍선과 치즈 파인애플 꼬치, 소시지 롤, 레드벨벳 컵케이크가 놓인 곳에서 비트에 맞춰 조금은 횡해 보이는 머리를 끄덕이고 있었다.

생일 파티는 아직 무르익지 않았다. 아직까지는 파티 주인공의 가족 행사일 뿐이다.

"루시, 생일 축하해!"

루시와 포옹한 뒤, 난 치명적인 입욕제를 선물로 건넸다.

"와 줘서 고마워. 좀 있으면 더 북적거릴 거야."

루시는 파티가 더 북적거리지 않을까 봐 꽤 초조한 것 같았다. 하지만 사람이 많이 올 거다. 페이스북 이벤트 페이지를 보니 우리 학년 거의 모두가 오늘 밤 파티에 참석한다고 했다.

"무알코올 펀치 마음껏 즐겨!"

디제이 데이브가 시끄럽고 신나는 파티 곡을 트는 동안, 홀리와 난 너무 달아 빠진 펀치에 홀리가 가방에 몰래 넣어 온 복숭아 맛 보드카를 넣기로 했다. 그러고 나서 루시의 할머니와 함께 춤을 췄다.

얼마 지나지 않아 파티 룸은 학교 친구들로 가득 찼다. 우리는 화장실에서 셀카를 찍었고, 뮤지컬 〈그리스〉에 나오는 곡을 리믹스한 음악에 꽥 소리를 질러 댔다. 조명이 차례로 녹색, 분홍색, 노란색으로 바뀌면서 반짝이는 플라스틱 공주 왕관과 생뚱맞은 타투 스티커를 비췄다.

홀리와 나는 시끄러운 음악보다 더 큰 목소리로 반 친구들에게 베넷 캠페인에 관해 설명했다. 친구들은 휴대 전화를 꺼내 청원에 서명하고는 신나게 손뼉을 쳤다. 우리는 소시지 접시가 놓인 테이블 주위에 둘러앉아 턱을 괴고는 해너 매슈스의 첫 경험 이야기를 주의 깊게 들었으며, 넷플릭스에 푹 빠진 얘기도 신나게 떠들었다. 또 리나 파텔이 새로 한 귀여운 머리를 손으로 쓸어내렸다. 우리 여자

애들은 파티에서 행복했다. 우리는 허름한 동네의 허름한 펍에 딸린 허름한 파티 룸에서 모두 다 함께 즐거웠다.

일요일 아침

기분이 별로다. 오늘은 일요일이지만, 애덤이 쉬어서 내가 대신 출근했다. 숙취 때문에 너무 힘들어 정말 일할 맛이 안 난다. 카운터 뒤에서 웅크려 있고만 싶다. 머리가 깨질 듯이 아프고, 턱이 덜덜 떨린다. 더운데 한기도 느껴진다. 아, 땀이 너무 난다. 몸이 안 좋다. 내가 지금 폭음 대회 2차전에 나간다고 마음만 먹으면 나갈 수 있을 거다. 옷을 쥐어짜 그 땀을 마시기만 하면 될 테니까. 내 땀 속엔 마시면 다시 취할 수 있을 만큼의 알코올이 든 게 거의 확실하다. 하지만 다시는 그렇게 하고 싶지 않다. 사실 다시는 술을 먹고 싶지 않다. 그래. 나 페이지 터너는 열여섯 살 어린 나이에 술을 끊기로 했다. 이제 절대 복숭아 맛 보드카는 한 방울도 입에 대지 않겠다.

오, 이런! 어떡하지? 허리를 못 펴겠어. 지금 여기서 토할 것 같아.

위층 화장실까지 못 가겠어. 난 당황스러워하며 작은 쇼핑백을 움켜쥐었다. 더 커야 해! 더 큰 게 필요하다고! 누가 날 보면 어떡하지? CCTV가 계속 돌아가진 않으니까, 그냥 서점 바닥에 해 버려? 오,

그건 안 되지.

"페이지? 괜찮아?"

허둥지둥 허리를 폈다. 블레인이다! 아름답고, 예술을 사랑하며, 열정적인 활동가, 나의 블레인이 또 왔어! 날 보러 다시 왔어!

"블레인, 안녕! 안녕!"

내 윗입술이 땀에 젖어 반짝이는 게 보였다.

"페이지, 괜찮은 거야?"

"어, 괜찮아."

목구멍으로 뭔가 올라오는 걸 다시 꿀꺽 삼켜 버리고, 눈물이 나지 않게 눈을 깜빡거렸다.

블레인이 머리카락을 손가락으로 만지며 캠페인은 어떻게 진행되고 있는지 묻는 동안, 난 움직이지 않으려 애썼다. 블레인이 내게 말을 걸 구실을 찾는 것 같지만, 확실하지 않다. 베넷 서점 지키기 프로젝트에 정말 관심이 있는 걸까, 아니면 내게 관심이 있는 걸까? 난 내가 토하려던 쇼핑백을 들고서 생각했다.

"그거 말이야? 한번 알아볼게."

난 청원 사이트에 접속했다. 블레인이 가까이 있을 때 입을 헤벌린 채 얼굴만 쳐다보는 것 말고 뭔가 할 일이 있어서 얼마나 다행인지.

"와!"

시명자 수가 정말 많이 늘었다. 목표 인원의 반에 가까웠다. 난 숙취 대신 행복감이 몰려와 활짝 웃었다.

"정말 잘되고 있어! 블레인, 너도 바로 서명했지?"

"어, 그럼. 바로 했지."

"역시, 쩔어!"

내가 방금 뭐라고 한 거지? 그래, 난 정말 이렇게 말해 버렸다. 블레인이 고개를 주억거리는데 어떤 녀석이 카운터로 다가와 우리의 특별한 순간을 방해했다. 녀석은 쓰레기통이 있는지, 자기의 빈 컵을 버려 줄 수 있는지 물었다. 나는 (하인이라도 된 것처럼) 그러겠다고 하며 녀석의 컵을 받았다. 컵에 남아 있던 딸기 밀크셰이크가 날 다시 토 나오게 했지만 말이다.

"페이지, 그럼 일해. 나중에 보자."

블레인이 말했다.

"화요일 누드 드로잉 수업에 올 거지?"

내가 포저 수업에서 블레인을 보고 싶다는 걸 너무 노골적으로 말했나? 블레인은 고개를 까딱하고는 미술 코너 서가로 갔다. 난 블레인이 검지로 책등을 훑고는 책 한 권을 꺼내 드는 걸 지켜봤다. 환상적이다.

한 여자 손님이 책을 들고 카운터 앞에 섰다. 계산해야 한다.

"안녕하세요?"

난 블레인에게서 눈은 떼지 않은 채 손님에게 인사를 건넸다. 고객 서비스 체크 리스트에 따르면, 내가 이렇게 응대하는 건 레드카드 감이다. 토니가 보면 분명 좋아하지 않겠지.

"7파운드 99펜스입니다."

손님에게 신용 카드를 결제 단말기에 대 달라고 하자, 손님은 개인 식별 번호를 사용해 결제하겠다고 했다. 그러고 나서 본인이 왜 그렇게 결제하는지 톨스토이의 대하소설만큼의 장광설을 늘어놓았다. 하지만 지금 난, 내 사랑 블레인을 놓치고 싶지 않다.

그건 그렇고, 나는 평소엔 '쩔어'라는 말을 하지 않는다. 사실, 약 5분 전에 내 평생에 처음으로 그런 말을 내뱉었다. 이건 나만의 비밀로 해야겠다.

손님이 카운터 너머 결제 단말기에 개인 식별 번호를 꾹꾹 누르는 동안 나의 블레인은 루치안 프로이트의 초상화 모음집을 들여다보고 있었다. 블레인은 분명 루치안 프로이트 팬이다. 한 손으로 책을 들고, 다른 한 손으론 입을 가렸다. 그러고 나서 조심스럽게 페이지를 넘겼다. 아, 내가 저 페이지가 되었으면. 블레인은 작품에 심취한 듯했다. 정말 아름답다. 그때 블레인이 날 쳐다봤다.

개인 식별 번호 입력 방식은 결제 승인 시간이 오래 걸린다. 난 영수증이 다 나올 때까지 참을성 있게 기다렸다. 속으로는 제발 좀 빨리 나오라고 외치면서.

난 나의 블레인을 계속 바라보며 손님에게 출력된 영수증을 건넸다.

"사랑해."

불쑥 이 말이 튀어나와 재빨리 여자 손님 쪽으로 시선을 옮겨 정성했다.

"죄송해요. 감사하단 뜻이었어요."

난 큰 소리로 과장되게 웃었다. 블레인은 내 영원한 사랑 고백을 듣지 못했겠지만, 지금 이 웃음소리는 분명 들었을 거다.

"감사하고 또 감사합니다!"

"오, 자기, 우리 오늘 처음 봤잖아요."

다행히 손님이 재미있어했다. 나도 그런 척했지만, 얼굴이 화끈거리고 뺨이 녹아내리는 기분이었다. 더듬더듬 쇼핑백을 찾는데, 윽, 다시 속이 울렁거린다. 죽을 것 같아!

"아니, 됐어요. 가방을 갖고 왔어요. 환경을 생각해야죠."

그만! 그만 얘기하세요! 윽, 죽고 싶다. 손님은 직접 가져온 천 가방에 책을 넣었다. 내게 윙크를 한 뒤 돌아서면서도 혼자 계속 낄낄거렸다.

이제 뭘 해야 하지? 지금 난 커다란 발진이 돋은 사람처럼 보일 거다. 난 블레인을 쳐다봤다. 블레인은 서점을 나가고 있었다. 꽤 빠른 걸음으로 출구 계단을 향했다.

사랑하는 사람을 완벽하게 스토킹 할 기회를 날려 버렸다. 위안을 얻고 싶어 메리 베리 여사 광고판을 쳐다봤지만, 전혀 도움이 되지 않았다. 작고 쪼글쪼글한 건포도 같은 얼굴의 메리 베리 여사가 날 빤히 쳐다볼 뿐이었다.

"페이지!"

홀리가 카운터로 성큼성큼 다가왔다. 어제 마지막으로 봤을 때보다 100퍼센트 더 생기 있어 보였다. 내가 이곳에서 인생을 망치는 동안, 홀리는 분명 몇 시간은 더 자고 샤워도 했겠지.

"세상에, 청원 서명자 수 봤어? 정말 대단해! 이거 완전 중독성 있네! 아침 내내 지켜봤는데, 서명 인원이 계속 늘어나고 있어."

"친구, 여긴 웬일이야?"

"아, 이런. 나도 만나서 반가워!"

난 웃음을 터뜨렸다.

"미안. 오늘 너무 끔찍한 하루야."

"불쌍한 것. 어젯밤을 그렇게 보냈는데, 여기 있어야 한다니."

내 팔을 쓰다듬는 홀리의 손을 잡으며 말했다.

"홀리, 방금 그 애가 왔었어."

"누구?"

"블레인 말이야! 포저 수업 같이 듣는 애!"

"오, 진짜? 또 왔단 말이지?"

"근데, 다신 안 올 것 같아."

"무슨 일 있었어?"

주위에 손님도 많지 않은 터라, 난 모든 것을 재연해 볼 필요가 있다고 생각했다. 홀리에게 블레인 역을 맡겨 몇 분 전 블레인이 서 있던 자리에 있으라고 했다. 지금은 신성한 곳이 된 바로 그 서가 옆이다.

"사랑해!"

내가 맑고 큰 목소리로 외치자 홀리가 숨넘어가게 웃어 댔다. 홀리는 서가에서 좀 떨어져 못 믿겠다는 듯 한참 고개를 흔들다 자세를 똑바로 하고 물었다.

"걘 무슨 책 보고 있었어?"

"루치안 프로이트 책이었어. 잠깐만, 보여 줄게."

난 완벽한 소년을 놓쳐 버린 것에 좌절하면서 카운터를 쿵쿵 돌아 나왔다. 그러고 나서 루치안 프로이트 책을 찾아봤다.

"어, 진짜 이상하네."

난 서가를 살펴보며 중얼거렸다.

"못 찾겠어. 블레인이 책을 들고 가는 건 못 봤는데."

아래층 카운터에서 계산했을지도 모르겠다. 내 사랑 고백에 너무 충격을 받아 내게 다시 말을 못 걸었던 거겠지. 서가 아래쪽을 확인하려고 허리를 굽히자 피가 머리로 확 쏠렸다.

"아, 몰라! 제발 근무 시간이 거의 끝났다고 해 줘."

새로운 아이디어

　홀리와 나는 아이스크림 트럭에서 아이스크림을 산 후 잔디밭을 따라 터벅터벅 걸었다. 공원 그네 옆에 주차된 아이스크림 트럭 옆면에는 '어린이 보호' 문구와 함께 도널드 덕과 인어 공주 캐릭터가 그려져 있었는데, 미간이 너무 몰리고 비율이 살짝 맞지 않았다. 우리는 잔디밭을 가로질러 좀 덜 질퍽거리는 곳을 찾아 나섰다. 또 내가 살이 너무 잘 타는 편이라 햇볕이 강하지 않은 데라야 한다.

　푹푹 찌는 날씨에 난 온통 검은 옷을 입고 있었다. 한여름에 불투명 스타킹은 전혀 실용적이지 않다는 걸 깨달았다. 이런 옷차림이 홀리가 내게 담아 줬던 60년대 프랑스 걸 그룹 노래처럼 시크할 줄 알았는데 그렇지도 않다. 난 땀에 흠뻑 절었고 아이스크림으로 열기를 좀 식힐 필요가 있었다.

　"몇 개쯤 먹어야 충분할 것 같아?"

　홀리가 아이스크림을 한 입 베어 물고는 웅얼거렸다.

　"그렇게 많이는 필요 없을걸."

난 아이스크림 위 초콜릿 조각을 우적우적 씹어 먹었고, 부스러기가 옷에 다 떨어졌다.

"사람들은 왜 이걸 '구구' 아이스크림이라고 할까? 예전에 99펜스였나? 지금은 1.2파운드지만."

"1999년에는 그랬을지도."

"여러분, 지금은 90년대가 아닙니다!"

내가 베넷 본사의 믹 모건 씨의 목소리를 흉내 내며 외치자, 홀리는 아이스크림이 목에 걸려 캑캑거렸다.

"믹 모건 씨는 정말……."

난 가방에서 노트를 꺼낸 다음 펜을 찾으려고 뒤적거렸다. 동시에 아이스크림이 녹아 흘러내리지 않도록 혀로 핥으며 말했다.

"캠페인을 위해 또 뭘 하면 좋을까?"

"우리 대략 600명한테서 서명받았지? 지금까진 꽤 순조로운 거 같아."

"응, 맞아. 근데 서명은 계속 받아야 할 거야. 우리가 아는 모든 사람한테 받아야지. 친구, 가족 모두. 우리 캠페인을 널리 알려야 해."

마침내 가방에서 볼펜을 찾아냈지만, 잔디밭으로 내던지고는 아이스크림 먹는 데에 집중했다. 아이스크림콘 가장자리를 야금야금 갉아 먹으면서 잇자국을 선명하게 남겼다.

"블로그나 홈페이지를 만드는 건 어때?"

홀리가 제안했다.

"예를 들어, 거기다 우리 캠페인 소식을 업데이트하는 거지. 우리

들이나 캠페인을 지지하는 사람들이 글을 올릴 수도 있을 거고."

"와! 좋아. '나는 베넷을 지키고 싶습니다. 왜냐하면……' 하고 글을 올리는 거야."

머릿속에 여러 가지 아이디어가 반짝거렸다.

"동영상도 만들어 보자!"

영상 제작은 홀리의 전문 영역이다. 현재 홀리는 온갖 창의력을 발휘해 자기 고양이 블러썸의 웃긴 모습을 찍어 유튜브에 올리고 있다. 나는 홀리 채널의 팬이자 유일한 구독자다. 재빨리 아이스크림 콘을 먹어 치우고는 잔디밭에 내동댕이친 볼펜을 주워 와 홀리의 아이디어를 받아 적었다. 콘이 아직 딱딱해서 목구멍이 아팠지만, 상관없다.

"손님들과 함께 짧고 재밌는 영상을 만드는 거야. 베넷 서점에 대한 얘기를 담는 거지."

홀리는 아이스크림 막대기로 땅을 헤집으며 계속 이야기했다.

"왜 서점이 계속 있어야 하는지, 베넷에서 산 책 중 가장 좋아하는 책은 뭔지도 얘기하고."

"좋은데! 페이스북이랑 트위터, 청원 페이지에도 공유하자."

"그래!"

홀리는 신이 나 손뼉을 쳤다.

"모든 사람한데 우리가 원하는 걸 얘기하자! 모두 들을 수 있게 해 보자!"

홀리가 소리를 지르자, 멀리 유모차를 끌고 지나가던 여자들이 우리를 쏘아보았다.

"작가들이나 다른 서점, 또 책을 좋아하는 사람들한테도 링크를 보내자."

"페이지, 우린 천재야!"

홀리는 아이스크림 막대기를 내던지고는 잔디밭에 팔로 머리를 받치고 누워 햇볕을 쬐었다.

"애벗 씨도 인터뷰해야 해. 그분은 베넷의 전설이니까."

햇볕 아래 눈을 감고 누운 홀리가 미소를 띠며 말했다.

"그건 어렵지 않을 거야. 항상 서점에 계시니까."

"또 요즘 누가 항상 서점에 있더라?"

홀리가 옆으로 누우며 장난기 가득한 얼굴로 날 쳐다봤다. 난 피식 웃었다. 홀리는 지금 블레인 얘길 하는 거다.

"요즘 부쩍 자주 목격되지."

그래, '목격'이다. 요즘 블레인은 건장한 빅풋이나 네스호의 괴물과 같다. 블레인은 희귀종이다. 분명 블레인은 위험에 처했다. 왜냐하면, 내가 블레인을 포획할 거니까. 나는야 사랑의 사냥꾼.

"블레인은 멀리 못 가! 그건 바로 페이지, 너 때문이지."

홀리가 웃으며 말했다.

"홀리, 블레인과 난 뭔가 연결된 것 같아. 그런데 내가 늘 이상한 짓을 할 때 블레인이랑 마주쳐."

"음, 이런 말 하기 좀 그렇지만, 페이지, 넌 늘 이상해!"

홀리가 날 놀렸다.

"아, 농담이야. 내가 너 얼마나 사랑하는지 알지?"

"블레인은 갑자기 어디서 나타난 걸까? 나 책장 광택제를 너무 많이 마셨나 봐. 블레인이 마치 강렬한 환각 같아."

"하하하! 유치한 청소년 소설 설정 같잖아."

홀리가 눈을 반짝이며 무릎을 꿇고 배경 설정을 시작했다.

"블레인은 베넷 서점의 유령, 책장의 수호자야. 근데 서점을 파괴하려는 믹 모건 때문에 곤경에 처했어. 이 소중한 공간을 지키기 위해서는 한 가지 방법밖에 없어. 자신의 차가운 마음을 녹여 버린 어리고 아름답고 순수한 서점 소녀를 사로잡아야 하는 거지."

홀리는 울부짖으며 잔디밭 위로 풀썩 쓰러졌다. 정말 멋진 연기다.

"다시 우리 임무로 돌아가 볼까?"

오늘 오후 우리는 사진으로 만든 콜라주와 '#베넷을_지키자'라는 태그를 넣은 포스터, 브로슈어, 스티커, 책갈피를 제작해 모든 곳에 배포할 계획이다. 우리가 만든 예쁜 작품이 사람들의 시선을 사로잡으면 자연스럽게 메시지가 전달되고, 캠페인이 전 세계로 퍼지는 것이다. 이런 활동을 크래프티비즘이라고 했다. 우리가 작업할 때 쓸 오래된 잡지와 신문, 반짝이 풀이 집에 잔뜩 쌓여 있다.

홀리와 나는 횡단보도 앞에 섰다. 난 습관적으로 '보행' 버튼을 눌렀다.* 홀리가 얼굴을 찌푸리더니 텅 빈 도로 양쪽을 살폈다. 그러곤 빨간 남자 신호에 길을 건너려 했다.

"홀리, 초록 남자가 될 때까지 기다려야지. 대체 뭐 하는 거야?"

홀리가 왜 이러는지 이해가 안 갔다.

"왜 우리는 저 '남자'가 길을 건너라고 할 때까지 기다려야 하는 거지?"

난 홀리 말이 진짜 마음에 들어 웃음을 터뜨렸다.

"아, 정말 그러네! 한 번도 그런 생각 못 해 봤는데. 이건 사실 우리한테 '잠자코 있어!'라고 말하는 남자를 상징하잖아."

"우리한테 '건너도 좋다'고 말해 줄 남자 따윈 필요 없어!"

홀리가 도로를 성큼성큼 건너면서 신호등의 빨갛게 빛나는 남자를 향해 가운뎃손가락을 들었다. 저 작은 잘난 척쟁이를 향해 홀리가 욕하는 게 끝난 뒤, 나도 도로를 건너기 시작했다. 분홍색 매니큐어를 칠한 소녀들의 불복종 방식이다.

그때 홀리와 나를 향해 은색 자동차가 천천히 다가왔다. 운전석의 여자는 우리를 향해 절레절레 고개를 저었다. 탐탁지 않은 모양이다. 여성 동지! 그러지 말고, 우리 혁명에 동참하세요!

"남성 중심적 가부장제를 타파하자!"

홀리가 목청껏 소리쳤다.

우리는 반대편 보도에 도착해서 하이 파이브를 했다.

"홀리! 우린 저 '남자'에게 복종하지 않고도 살아남았어. 우리가 해냈어!"

---

* 영국은 횡단보도에서 보행자가 직접 버튼을 누르면, 신호등에 횡단이 가능한 녹색 신호가 빨리 들어오게 할 수 있다. 적색 신호에서는 횡단 금지이며, 신호등 불빛 이미지는 모두 성인 남성의 모습이다.

수상한 일

난 페이퍼백을 높이 쌓아 들고 턱으로 균형을 잡으며 토니 앞을 천천히 지나갔다. 토니는 눈을 가늘게 뜨고서 숫자가 적인 A4 용지를 들여다보고 있었다.

"페이지, 너도 잘 알겠지만, 우린 지난 몇 년보다 요즘 며칠이 더 바빴어."

설마 그럴 리가요. 베넷 폐점을 통보받은 지 일주일이 지났다. 벌써 서가 몇 개가 텅 비었다. 지금 나는 세일에 몰려온 알뜰한 손님들의 여파로 서점 바닥에 아무렇게나 쌓인 책을 옮기고 있다. 남은 책을 보기 좋게 정리하고, 잘못 꽂아 둔 책을 제자리에 잘 진열하려고 한다.

"캠페인으로 사람들에게 우리 존재는 확실히 알린 것 같구나."

토니가 찡그린 얼굴로 중얼거렸다.

"하지만 우리가 여기서 계속 영업을 할 수 있을지, 못 할지는 또 다른 문제야."

나는 소설책으로 쌓은 탑이 흔들려 붙잡고 있었는데, 제일 위쪽에 놓인 책을 집어 들어 토니를 향해 던져 버리고 싶은 생각이 굴뚝같았다. 토니의 부정적인 태도가 정말 마음에 안 든다.

　"토니, 모든 게 잘되고 있어요. 우리는 잘 해낼 거예요. 기다려 보세요."

　토니가 눈을 치뜨며 한숨을 푹 내쉬었다.

　"매출액 보고 계신 거예요?"

　난 토니가 안경 너머로 유심히 들여다보던 종이를 가리키며 물었다. 토니가 볼펜을 귀 뒤에 꽂으며 말했다.

　"음, 그래. 그런데 책 몇 권이 없어진 것 같구나."

　"오, 책을 바지에 쑤셔 넣어 우리 재고를 줄여 주는 그 이상한 남자 덕분이네요."

　"반스 씨 말이냐? 솔직히 그 사람 짓은 아닌 것 같아. 요 며칠 서점에서 못 봤거든. 게다가 지금 사라진 책은 그 사람이 손댔던 분야의 책도 아니고."

　사실 책을 바지에 숨기는 것보다 조금만 더 나은 기술이 있다면, 베넷에서 뭔가를 슬쩍하는 게 그리 어렵지는 않을 거다. 우리는 보안 요원을 둘 여력이 없으니까. 하지만 포스터는 붙여 뒀다. 포스터 내용은 꽤 엄중하다. 경찰이 십자가를 쳐다보는 사진에 붉은 글자로 "책 도둑은 경찰에 넘김"이라고 크게 적혀 있다. 책을 훔치는 건 정말 끔찍한 짓이다. 나 페이지 터너가 용납할 수 없는 것 한 가지를 꼽자면, 바로 거짓된 행동이다.

"책 도둑은 바닥 중의 바닥이지. 아주 쓰레기 같은 놈이 곧 쫓겨날 판인 이런 서점에서 도둑질할 게다."

"하지만, 우린 쫓겨나지 않을 거예요. 아무 데도 안 간다고요!"

나는 한 손으로 책 탑의 균형을 잡고, 다른 한 손을 들어 보이며 토니에게 말했다.

"터너 양, 촬영할 준비됐나요?"

홀리가 미니 캠코더를 들고 서가 뒤에서 나타났다. 캠페인에 마음을 다하고 있다고 토니를 설득하는 내 모습을 홀리가 카메라에 담았기를 바란다.

"응. 좋아."

난 손가락으로 앞머리를 빗어 내렸다. 아직 심하게 짧다.

"벌써 시작한 거야?"

"아래층에서 손님 몇 명하고 브리짓을 인터뷰했어. 다음은 여기 두 분 차례."

난 토니를 쳐다봤다.

"오, 이런! 페이지, 너도 내가 끼는 걸 원치 않잖니."

토니는 절레절레 고개를 저었다. 난 몹시 당황스러워하는 토니를 향해 중얼거렸다.

"당신은 누구 편인가요?"

토니에게 내 말이 들렸으면 했다. 캠페인이 내겐 너무나 중요하기 때문이다. 토니가 캠페인을 도울 마음이 없는 거라면 토니 자신은 베넷을 위해 어떤 노력을 기울이는지 의문이었다. 한편으론 내 말을 토니가 듣지 못했으면 했는데, 그건 토니의 끊임없는 투덜거림이 좀 두려웠기 때문이다.

"우린 토니가 함께해 줬으면 해요. 토니는 베넷 서점의 매니저잖아요. 토니가 베넷이잖아요!"

홀리가 외쳤다.

"음, 그래. 알았다."

토니는 불안한 듯, 셔츠 밑단을 잡아당기며 물었다.

"지금 당장 할 필요는 없는 거지?"

"아뇨. 지금 해야 해요."

토니는 홀리를 향해 눈을 깜빡거렸다.

"우린 시간이 없어요. 가능한 한 많은 영상을 촬영하고 편집해서 유튜브에 올려야 해요. 빠르면 빠를수록 좋아요. 혁명의 시계가 째깍거리고 있어요. 시간이 빠듯하다고요. 목표 인원을 달성해서 시의회의 답을 기다려야 해요."

홀리 말이 다 맞는다.

"이제 시작하죠!"

내가 크게 소리쳤다.

"그럼, 페이지가 먼저 찍고, 그다음에 토니가 하는 거로 해요. 무슨 말 할지 생각해 두세요."

난 세 번 촬영했다. 첫 번째는 내내 이상하고 불안한 미소를 띠며 말했고, 두 번째는 몇 발자국 떨어져 있던 애벗 씨가 크게 방귀를 뀌는 바람에 프로답지 못하게 카메라 앞에서 웃음을 터뜨렸다.

난 《내 이름은 삐삐 롱스타킹》을 손에 들고 어릴 적 엄마가 베넷에서 사 준 책이라고 얘기했다. 내가 가장 좋아하는 책으로 책장에 항상 꽂혀 있으며, 베넷과 나를 이어 준 매개체 같다고 말했다.

"컷!"

홀리가 미니 캠코더의 화면을 주시한 채 내게 엄지를 들어 보였다.

토니가 두꺼운 페이퍼백을 들고서 서성였다.

"토니, 준비됐어요?"

홀리가 토니 쪽으로 카메라를 옮기자, 토니는 어색한 미소를 지으며 말문을 열었다.

"베넷 그레이스워스 지점의 매니저 토니 험프리스입니다. 저는 이 책, 힐러리 매킨토시의 《크림슨 킹덤》이라는 작품을 좋아합니다. 1999년 이 책이 처음 출간됐을 때, 운 좋게도 런던에서 열린 출판 기념회에 초대받아 제가 이 시대 최고의 작가라고 생각하는 저자 힐러리를 만날 수 있었습니다. 음, 베넷 덕분에 저는……"

토니는 책에 관해 말할 때 전혀 다른 사람 같았다. 다른 직원들과 거의 비슷한 모습이었다. 자신이 가장 좋아하는 작가에 관해 열정적이고 신나게 이야기했다. 스트레스 가득하고 짜증을 담은 평소 눈빛이 아니었다.

난 카운터로 가서 종이 영수증을 조금 찢어 토니가 말한 '힐러리 매킨토시'라는 작가 이름을 메모했다.

불쌍한 블러썸

화요일이다. 이번에는 늦지 않았다. 홀리에게 집 앞에 왔다고 문자를 보냈는데, 누군가 계단을 뛰어 내려오는 소리가 들렸다. 홀리의 여동생 다니엘이 현관문을 휙 열어젖혔다.

"페이지 언니, 안녕."

다니엘은 자기 발을 내려다보며 말했다. 이 더운 여름에 크리스마스 때 신는 슬리퍼를 신고 있었다.

"안녕, 다니엘. 잘 지냈어?"

"아니. 최악이야. 엄마가 블러썸을 치어 죽였어. 지금 홀리 언니 엄청 화났는데, 페이지 언니는 방으로 오래."

다니엘은 손톱을 물어뜯으며 발가락을 꼼지락거리는 데 열중했다.

"정말 안됐다. 블러썸 가여워서 어쩌니."

"뺑소니였어. 엄만 블러썸이 치인 걸 알았으면서도 필라테스 가는 데 늦었다고 그대로 두고 갔어. 운동하고 돌아와서 블러썸을 치우고 우리한테 말했어."

뭐라고? 말도 안 돼!

"세상에."

다니엘은 절대로 나와 눈을 마주치지 않았는데 생각만큼 이상하진 않았다.

"홀리한테 좀 가 볼게."

난 홀리의 방문을 두드렸다.

"페이지나 다니엘이면 들어와. 엄마면 우릴 좀 내버려 두고요. 엄마 살인자예요!"

문을 열고 들어갔더니 홀리가 공처럼 이불을 둘둘 말고 있었다. 와, 얼굴이 콧물 범벅이네.

난 한 번도 애완동물을 길러 본 적이 없다. 아니, 뭐 한 번 있다. 금붕어 한 마리였는데 이름은 샘이었다. 의학 드라마 〈홀비 시티〉에 나오는 남자 간호사의 이름을 딴 것이었다. 안타깝게도 샘은 내 여덟 번째 생일 파티 다음 날 죽었다. 사실 난 지금도 길 건너편에 살던 올리라는 애가 샘의 죽음과 관련이 있다고 생각한다. 남 탓을 하는 건 아니지만, 아무튼 그 애가 물고기를 기르는 것에 대해 계속 물어봤다.

꼴이 말이 아닌 홀리 앞에서 솔직히 털어놓자면, 난 그때 엄청난 충격을 받았고, 또 가족 드라마 애청자답게 심적 고통을 쥐어짜며 애도의 시간을 보냈다. 세밀하게 샘의 초상화를 그리고 샘의 장례식에서 낭독할 짧은 시도 지었다. 한편으로 남동생의 물고기 요염이(이름이 대체 왜 이래?)가 샘보다 더 오래 산다는 사실에 분개했다. 샘의 장례식 모습을 찍은 사진 속 나는 엄청 삐뚤빼뚤한 앞머리에 보라색 표범 무늬 배꼽티를 입고 있다. (배꼽티에 대해서 간략하게 설명하자면, 실제 아이들 배가 드러나도록 만든 옷이 절대 아니었지만, 2000년대 초반 나는 거의 〈곰돌이 푸〉와 같은 옷차림으로 지냈다.) 그 당시 다섯 살이던 동생은 내 옆에서 눈을 감고 두 손을 모아 기도를 하고 있다. 샘, 편히 쉬렴.

내가 고양이를 좋아하는 편이 아니라서 홀리의 고통을 완전히 공감할 수는 없지만, 이해할 수는 있다. 난 홀리 침대 가장자리에 앉아 위로의 말을 건넸다.

"홀리, 블러썸 일은 정말 안됐어."

"엄마가 어떻게 했는지 다니엘한테 들었지?"

홀리의 퉁퉁 붓고 온통 충혈된 눈에서 눈물이 솟구쳤다. 홀리가 고개를 끄덕이는 내게 낡은 블러썸의 사진을 건넸다. 오래전 찍은 사진 같았다. 블러썸은 나이가 많았다. 홀리가 일곱 살 때쯤부터 키웠으니까, 블러썸은 홀리 가족과 오랫동안 함께한 것이다. 홀리가 흐느끼며 말했다.

"블러썸은 내 고양이였어. 이름도 내가 지었어. 내 모든 걸 털어놓는 사이였다고."

난 홀리의 말에 죽은 고양이한테서 잠시 질투를 느끼지 않을 수 없었다.

슬픔에 빠져 눈물 콧물을 쏟는 홀리에게 포저 수업에 가자는 말을 어떻게 꺼내야 할까? 난 죽은 블러썸 따윈 눈곱만큼도 관심이 없으며, 그저 나의 멋진 블레인 옆에서 수의 알몸을 그리고 싶은 마음 뿐이란 걸 들키지 않고서 말이다. 진짜 어려운 일이다.

"홀리, 밖에 나가면 기분이 좀 나아지지 않을까?"

와! 잘했어, 페이지. 확실히 설득력 있어!

홀리는 아랫입술을 쭉 내밀고는 손에 든 축축한 휴지를 내려다보며 작게 속삭였다.

"엄마한테 너무 화가 나. 집에 있고 싶지도 않아. 하지만 지금은 누드 드로잉 수업에 갈 수 없어."

그게 말이야, 홀리, 내가 정말 가고 싶다고!

"그러지 말고 나가자. 우린 한 몸이잖아. 우리가 같이 안 가면 뚱이가 옆에 없는 스펀지밥이 될 거야."

"내가 둘 중 누구야?"

홀리가 재미있다는 듯 날 쳐다봤다.

"원하면 네가 스펀지밥 해. 내가 뚱이 할게."

우린 그 모습을 상상해 보다 푹 웃음을 터뜨렸다. 됐어!

홀리가 거울을 들여다보며 말했다.

"지금은 징징이 같네."

홀리는 자리에서 일어나 머리를 높게 묶고 얼룩진 뺨에 파우더를 톡톡 두드렸다. 그러고 나서 서랍장을 열어 미술 도구를 챙겼다. 그때 홀리 엄마가 방문 앞에 왔다.

"홀리, 블러썸 일은 정말 미안해."

홀리는 다섯 살짜리 애처럼 턱을 치켜들더니 펜과 잉크를 가방에 던져 넣었다.

"너희 지금 미술 수업 가니?"

홀리 엄마는 딸이 대답이 없자 내게 물었고 난 그렇다고 했다. 이 분위기 어쩔 거야.

"홀리, 엄마가 데려다줄까?"

"차고에서 후진하는 엄마 차에 치인 다니엘이 엄마가 돌아올 때까지 피 흘리며 죽게 하고 싶진 않아요. 우린 걸어갈 거예요. 페이지, 가자."

난 웃지 않으려고 정말 열심히 노력했지만, 헛수고였다.

홀리와 나는 수업 가는 길에 '해피 타임'이라는 편의점에 들렀다. 엄밀히 말해 '해피 타임'은 이미 지나가 버렸다고 하는 것이 맞는다. 여기는 내가 이제껏 봤던 가게 중 가장 슬픈 곳이다. 우리는 냉동고에서 화이트 초콜릿 아이스크림 두 개를 꺼냈다. 가게 밖으로 나와 마치 샴페인 잔처럼 아이스크림을 '짠' 하고 부딪쳤다.

"블러썸을 기리며!"

두 번째 수업

클라이브가 활짝 웃으며 우리를 맞이했다. 클라이브는 여전히 온통 베이지색이다. 이건 틀림없이 클라이브 애인의 취향일 것이다.

우리는 지난주처럼 코듀로이 소재로 된 옷을 입고서 우리를 향해 고개를 끄덕이는 엘스페스 옆에 앉았다. 지난 시간보다 좀 더 앞쪽이었다. 강의실은 적막했다.

아직 블레인이 안 왔다. 지난번에 수업에 올 거라고 말은 했지만, 엄밀히 말해 그땐 서점에서 내 사랑 고백을 듣기 전이다. 이제는 내 옆에 앉는 게 두려울지도 모른다.

수도 아직 오지 않았다. 그런데 지난주엔 보지 못했던 한 남자가 있었다. 키가 작고 얼굴에 피어싱을 여러 개 한 동글동글한 그 남자는 트레이닝 바지와 조끼를 입고 있었다. 남자는 사람들과 눈이 마주치는 것을 피하면서 매트리스 옆에서 스트레칭을 했다. 난 의자 위를 기어가는 벌레처럼 눈썹을 꿈틀거리며 홀리 귀에 대고 소곤거렸다.

"오늘 밤 모델은 저 사람이 확실해."

하지만 늘 그렇듯 내가 생각했던 것보다 말소리가 컸다. 난 너무 큰 소리로 속삭이거나 눈을 굴리는 버릇 때문에 잔소리깨나 듣는다. 다른 건 좀 고쳐 보려고 노력하지만, 눈알을 굴리는 버릇은 하지 않으려고 애쓰다 보면 몸이 더 피곤해진다.

오늘의 남자 모델이 날 쳐다보며 말했다.

"코렉텀[*]!"

지금 저 사람이 정말 '코렉텀'이라고 했나? 항문과 함께하자고?[**] 맙소사! 저 남자가 우리 앞에서 바지를 내리면 진짜 저 사람 엉덩이를 그려야 하는 거야?

좋아, 더는 속삭이지 않겠어. 그때 마치 독심술사처럼 홀리가 스케치북을 찢어 만든 쪽지를 내게 건넸다. 쪽지엔 6B 연필로 휘갈겨 쓴 '항문'이라는 글자가 적혀 있었다.

잘생긴 보이 밴드 소년 제이미가 왔다. 오늘은 모자를 쓰지 않았는데, 생각했던 것보다 머리가 더 길었다. 얼굴이 드러나니까 보이 밴드 멤버 같은 느낌이 더 강해졌다. 제이미는 강의실 뒤쪽, 홀리와 내 뒤에 자리를 잡으며 "좋아."라고 말했다.

난 홀리가 준 '항문' 쪽지 뒷면에 원 디렉션의 가사를 적어 돌려줬다. 속으로 웃으려고 했지만, 입 밖으로 웃음소리가 좀 새어 나왔다.

클라이브가 시계를 보며 말했다.

---

[*] '코렉텀(correctum)'은 라틴어로 '맞은, 정확한'의 뜻이다.
[**] 페이지의 추측이 '맞는다'는 대답이었지만, 페이지는 '코(co, 함께)', '렉텀(rectum, 항문)'으로 오해한 것이다.

"몇 분 더 올 때까지 기다리죠. 동지 여러분, 저는 담배 좀 피우고 오겠습니다."

복도 쪽에서 웃음소리가 들리며 소란스러웠다. 수가 옷을 다 갖춰 입고, 한 손에 스케치북을 들고 강의실로 들어섰다. 오늘 밤 수는 우리처럼 스케치한다!

홀리가 무언가 미친 듯이 쓰더니 숨죽여 웃으며 다시 내게 쪽지를 건넸다. 쪽지엔 "수가 옷을 입고 있어서 못 알아봤어!"라고 적혀 있었다.

활기차고 재미있으며 사교적인 수는 지금 무릎 전체에 페인트 얼룩이 묻은 데님 작업복을 입고, 물고기 모양 집게로 흐트러진 머리를 고정한 모습이다.

"마틴, 잘 지내지?"

수는 이젤을 세우며, 곧 마라톤에라도 출전할 것처럼 허벅지 뒤쪽을 스트레칭 하는 '코렉텀' 씨와 인사를 나눴다.

블레인이 왔으면 좋겠다. 안 오면 어쩌지? 만약 다시는 보지 못한다면?

60년 뒤를 상상해 본다. 나는 버스 정류장에 앉아 낡은 장갑 한 짝을 한 마리 동물인 양 쓰다듬으면서 낯선 사람에게 영영 보지 못하게 된 소년에 관해 이야기할 것이다.

"안녕, 멋진 서점 소녀들!"

수가 미술 도구를 꺼내며 우리에게 윙크했다.

"내가 서명할 청원은 벌써 시작됐겠지?"

난 수가 함께해 주길 바라며 고개를 끄덕였다.

"그럼요! 시작됐어요!"

"정말 잘했어! 이따 청원 페이지 꼭 알려 줘!"

"서명하기 전엔 여기서 못 나가실 거예요!"

홀리가 농담을 던질 때 수는 커다란 보온병을 들어 꿀꺽꿀꺽 들이켰다. 수가 마시는 건 차인 것 같다. 하지만 이곳은 따뜻한 차를 들기엔 너무 더웠다.

복도 쪽에서 목소리가 들리더니 강의실 문이 활짝 열렸다. 귀에서 합창곡이 시작되었다. 블레인이다. 꿈에 그리던 블레인 헨더슨이 왔다. 블레인이 클라이브와 함께 웃으면서 강의실 안으로 성큼성큼 걸어 들어와 내 바로 옆 의자에 앉았다.

"안녕! 시내 서점의 구원자, 페이지 터너."

숨이 턱 막히는 것 같다.

어느새 수업 소개가 끝나고 코렉텀 씨가 회색 트레이닝복을 벗고 있다. 오, 맙소사. 난 현실을 절실히 깨달았다. 벌거벗은 남자를 실제로 본 건 이번이 처음이다. 얼굴이 빨개진다. 안 돼. 빨개지지 마. 누군가 안면 홍조를 막는 제품을 발명해 준다면 매일 맞닥뜨리는 곤욕스러운 상황에 진짜 도움이 될 것 같다.

코렉텀 씨가 벗어지기 시작한 머리 위로 두 팔을 들어 올리며 자세를 취했다. 코렉텀 씨의 배와 성기가 우리를 향했다. 뭐, 별로 볼 게 없었다. 악의가 있어서 하는 말이 아니다. 그냥 배와 문신, 털이 대부분이었다. 말했듯이, 난 소년이나 남자의 몸을 본 경험이 전혀 없다. 오직 남성 스트리퍼가 주인공인 영화와 건장한 사내를 모델로 쓴 남성용 속옷 상자를 보고 남자의 누드를 참고할 뿐이었다. 참 터 무니없긴 하지.

오늘 사인펜으로 내 수행 평가 항목 중 '대상을 다각화한 탐구 활동란'에 체크해야겠다. 아, 한심하다. 진짜 예술가는 이런 생각을 하지 않을 텐데. 분명 블레인도 대학에서 좋은 점수를 받는 데에 조금도 신경 쓰지 않겠지. 블레인은 진정한 아나키스트니까. 아, 페이지, 그림에 집중해, 집중.

난 코렉텀 씨 가슴에 난 털을 세밀하게 그리는 데 시간을 많이 할애했다. 팔뚝에 있는 기하학적인 무늬의 문신은 어디서부터 시작해야 할지 정말 모르겠다. 아직 내 그림에서 코렉텀 씨 다리 위쪽 공간은 비어 있다. 그런데 우주에서 가장 아름다운 소년이 내 그림을 보더니 피식 웃었다. 맙소사, 블레인은 아는 건가? 내가 코렉텀 씨의 그곳을 어떻게 그릴지 눈앞이 깜깜하다는 걸? 세상에, 너무 뻔하잖아. 너무 노골적이라고. 난 정말 멍청해. 페이지, 그냥 쳐다봐. 잘할 수 있어. 당장 시작해. 그래, 수라고 생각해 봐. 수라고 생각하자. 아니면 왁스 칠한 과일이라고 생각하자. 페이지, 정신 차려. 이건 그냥 형태와 그림자일 뿐이야. 90년대 출판된 낡은 프랑스 교과서에 실린 조잡한 (그리고 해부학적으로 부정확한) 생식기를 떠올리는 것보다 이런 생각을 하는 게 집중하는 데 훨씬 더 도움이 됐다.

"마틴, 수고했어요. 준비되면 다른 포즈를 취해 주세요."

클라이브가 정적을 깨고 코렉텀 씨에게 부탁했다. 이번에 코렉텀 씨는 〈타이타닉〉의 여주인공 로즈처럼 누웠다. 이상한 농담을 좋아하고 머리가 벗어지기 시작한 버밍엄 사람을 케이트 윈즐릿으로 봐주는 게 가능하다면 말이다.

난 스케치를 하면서 지금 그리고 있는 것을 너무 열심히 생각하지 않으려 했다. 하지만 때때로 내 옆에 앉은 매력 덩어리를 그리는 생각을 하면 온몸에서 열이 났다. 블레인은 지금 매트리스 위에 벌러덩 누운 이 사내처럼 거지 같은 문신은 안 했을 거다. 블레인의 몸은 어떻게 생겼을지 궁금하다. 〈타이타닉〉의 로즈처럼 "당신이 그린 프랑스 여인들처럼 날 그려줬으면 해요."라고 블레인에게 말하는 것을 상상해 본다. 난 얼마나 진보적인가. 마음이 달떠 집중할 수 없다. 제발, 페이지. 정신 좀 차리자!

코렉텀 씨의 털 많은 궁둥이를 자세히 그려야 하는 또 다른 포즈가 끝나고 쉬는 시간이 됐다. 난 홀리의 그림을 봤는데, 내가 여태껏 본 그림 중 가장 충격적이었다. 홀리는 모든 스케치에 고양이 머리를 그려 넣었다. 코렉텀 씨 목 위에는 그의 얼굴 대신 블러썸의 보라색 얼굴이 있었다.

"와! 홀리, 이건…… 블러썸이네."

"블러썸을 기리는 거야. 이제 블러썸은 내 작품을 통해 불멸의 존재가 됐어."

홀리의 아랫입술이 떨렸다. 홀리가 다시 우는 건 아닌지 걱정했던 것도 잠시, 우리는 와락 웃음을 터뜨렸다.

그때 우리 뒤에 앉은 보이 밴드 소년 제이미가 끼어들었다.

"그림 죽인다."

그래. 이 동네에선 여전히 '죽인다'는 '멋있다'라는 뜻이지. 다른 동네도 그런가? 뭐 제 뜻대로 쓰인 적이 있긴 할까? 정말 모르겠다.

"네가 그린 거야?"

제이미가 눈썹을 치켜세우며 홀리를 쳐다봤다.

"응, 맞아. 오늘 엄마가 내 고양이를 죽였거든."

홀리가 웃음을 멈추고 대답했다.

"정말 안됐다."

홀리와 제이미가 서로를 바라보며 미소를 지었다. 난 곁눈질로 내 사랑이 담배를 말아 손에 쥐고 자리에서 일어나는 것을 훔쳐봤다. 블레인이 강의실을 나가자 심장이 덜컹 내려앉았다.

"이 대학 다녀?"

홀리가 부드러운 목소리로 제이미에게 물었다.

"아니. 난 아직 대학 안 다녀. 엄마가 여기서 청소 일을 하서. 우리 엄마는 내 애완동물을 죽인 적은 없어."

홀리가 고개를 끄덕이며 사랑스러운 표정으로 입꼬리를 올렸다. 시시한 잡지에 실린 '이성을 사로잡는 비결'에서 알려 주었던 그 모습이었다. 홀리와 난 그런 내용을 비웃곤 했었는데, 효과가 있었다. 제이미가 계속 홀리에게 말을 걸었다.

"엄마가 이 수업 포스터를 보고 내게 말해 줬어. 난 엄마 차를 얼어 타고 여기 왔고."

홀리의 심장이 아이스크림처럼 녹아내리는 소리가 들렸다.

난 갑자기 목이 마르기도 하고 사랑에 빠진 커플 사이에 눈치 없이 앉아 있는 것도 같아 강의실을 나와 복도에 놓인 자판기 쪽으로 갔다. 자판기 버튼을 누르고 물병이 아래로 떨어지는 걸 지켜봤다.

"페이지!"

블레인이 복도를 따라 걸어 들어오며 내게 말을 걸었다.

"너희 동영상 봤어."

홀리가 편집해서 유튜브에 올린 걸 말하는 거다.

"너희 이제 꽤 유명해졌어. 유명 인사가 됐다고."

블레인이 날 놀렸다.

"귀엽던데."

블레인이 '귀엽다'고 했을 때 나도 모르게 픽 헛웃음이 났다. 우리 캠페인 영상은 '귀엽게' 보이려고 만든 게 아니야. 사람들에게 생각할 거리를 던지고 유익한 내용을 전하려고 만든 거지. 우리 영상은 우리가 진짜 해결해야 할 문제를 다루고 있어. 우리 생계가 달린 문제라고.

하지만, 블레인이 '내'가 '귀여웠다'고 말하고 싶었던 거라면……

난 병에 든 차가운 물을 홀짝이며 숨을 쉬려고 노력하면서 블레인과 나란히 걸었다.

"고마워."

마침내 내가 말문을 열었다.

"유명해졌다고 해서…… 우쭐대는 일은 없을 거야."

블레인이 머리를 흘날리며 광대뼈가 도드라지게 웃었다. 나는 블레인이 열어 준 문을 통해 강의실로 먼저 들어서며 말했다.

"근데, 우리 영상은 '귀엽게' 보이려고 만든 게 아니야."

난 눈을 가늘게 뜨고 블레인을 쳐다봤다. 블레인은 의자에 털썩 앉으며 말했다.

"음, 뭐가 됐든."

홀리가 뒤로 돌아 플라스틱 의자에 기대어 제이미에게 청원 페이지 주소를 알려 줬다. 제이미는 휴대 전화 화면에 주소를 입력했다. 아차, 깜빡 잊을 뻔했다.

"수, 이거 받으세요."

난 가방에서 '#베넷을_지키자' 책갈피를 한 뭉치 꺼냈다.

"멋진데! 나도 함께할게! 내가 아는 사람한테 모두 서명하라고 할게!"

난 클라이브에게도 책갈피를 건넸다.

"흠…… 반짝이를 아주 독특하게 활용했군요."

클라이브가 빈정거리는 투로 중얼거렸다. 50대 남자 어른에게 말을 거는 건 참 못 할 짓인 것 같다.

"아, 물론 베넷 서점 지키는 일을 돕도록 하죠."

클라이브는 책갈피의 내용을 읽은 뒤 갑자기 말투가 진지해졌다.

"게시판이나 도서관에도 붙였나요? 지금은 학기 중일 때보다 사람이 적긴 하지만, 다음 주에 졸업 전시회가 있어서 많이 모일 거예요."

난 클라이브가 대학 도서관과 구내식당으로 가는 길을 알려 주는 동안 내 옆에 앉은 미대 미소년에게 정신을 팔지 않으려고 집중했다.

"클라이브, 감사해요. 도와줘서 정말 고마워요!"

클라이브는 바지 뒷주머니에 책갈피를 넣었다. 난 책갈피의 무수한 반짝이가 클라이브의 옷에 꼭 필요하다고 생각했다.

"자, 포저 수강생 여러분, 두 번째 시간을 시작합시다."

코렉텀 씨는 '나무 자세'라고 부르는 일종의 요가 자세를 취했다. 지금 난 코렉텀 씨가 벌거벗었다는 것도 의식하지 못한 채 딴생각을 하고 있다. 어떻게 해야 블레인한테 기대고, 어떻게 해야 블레인을 만질 수 있을까?

홀리가 내게 쪽지를 보냈다. "대박! 제이미가 다음 주에 커피 마시자는데!"라고 적혀 있었다. 난 홀리를 쳐다보며 입 모양만으로 '와'라고 외쳤다. 제이미, 완전 선순데? 난 홀리가 준 쪽지에 "제이미한테 한 수 배우고 싶다!"라고 써서 돌려줬다.

홀리는 집중하느라 혀를 쭉 빼고 급하게 쪽지를 써서 내게 다시 건넸다. 홀리가 건넨 쪽지엔 "블레인이 다시 널 좋아하는 게 확실해!"라고 적혀 있었다.

난 심장이 마구 뛰었다. 정말 블레인이 정말 다시 날 좋아할까?

그때 두껍고 묵직한 쪽지가 내 무릎 위로 날아들었다. 블레인이 내게 쪽지를 보낸 것이다!

난 블레인을 쳐다보지 않고 쪽지를 펼쳤다. 쪽지엔 갈긴 글씨로

"페이지, 내 차이나그래프 돌려줄래?"라고 적혀 있었다.

이런, 젠장! 난 고개를 돌려 활짝 웃고 있는 블레인을 쳐다봤다. 뭐라고 써서 보내지? 너무 창피해! 난 차이나그래프를 소중한 유물처럼 집에 고이 모셔 뒀는데! 광신도처럼 블레인의 연필을 훔친 거나 마찬가지잖아! 뭐라고 말해야 하지? 정말 모르겠다. 난 무슨 말을 할지 고민하다 필통에서 연필을 찾는 척했다. 필통에 있을 리가 없다는 걸 잘 알면서도. 굳이 평가할 필요도 없이, 이런 발연기로는 오스카상은 어림도 없다는 것을 너무나 잘 안다. 내 대답을 기다리는 블레인의 시선이 느껴졌다.

난 "블레인, 미안. 어디 있는지 못 찾겠어. 미안해! 목탄 연필이라도 줄까?"라고 썼다.

목탄 연필이라니. 블레인의 차이나그래프가 내 방에 있는 이상, 이건 정말 시답잖은 절충안이다.

코렉텀 씨가 몸을 바들바들 떨었다. 솔직히 지나치게 의욕이 앞선 자세였다. 코렉텀 씨는 한 발로 균형을 잡다가 먼지투성이 매트리스 위로 한쪽 발을 떨어뜨렸다. 내가 실제로 스케치를 하고 있었다면 욕을 좀 퍼부었겠지만, 지금 난 블레인에게 줄 쪽지를 쓰고 있다.

허접스러운 답을 적은 쪽지를 블레인에게 전한 뒤, 홀리가 준 쪽지를 펼쳤다.

오, 맙소사! 이건 홀리가 준 쪽지가 아니라, 블레인이 준 쪽지잖아.

이런, 블레인한테 홀리가 쓴 쪽지를 줬어!

안 돼, 안 돼, 안 돼!

블레인이 "블레인이 다시 널 좋아하는 게 확실해!"라고 적힌 쪽지를 읽고 있다. 난 지금 당장 내 머리통을 날려 버릴 총을 찾아 강의실을 둘러봤다.

오, 맙소사. 블레인에게 준 쪽지에 '다시'라고 적혀 있다. 그건 내가 블레인을 좋아한다는 촌스러운 고백이다. 이제 블레인에게 내 마음을 멋지게 고백할 일말의 기회는 사라졌다.

난 곁눈질로 블레인이 쪽지를 스케치북 뒤쪽에 끼워 놓고 코렉텀 씨에게 다가가는 것을 봤다.

코렉텀 씨, 아니 마틴, 정말 고마워요. 당신이 날 살렸어요.

이제 그만하자. 이제 그림이나 그려! 페이지, 이 바보야. 멍청하고 유치한 쪽지 돌리기는 그만해! 그림을 그리라고!

난 내 토사물로 마틴을 그리게 될지도 모르겠다. 곧 그 미술 재료를 얻게 될 것 같은 기분이니까. 수치스러워서 토를 한 적은 이제껏 한 번도 없지만, 모든 일에는 처음이 있는 법이지.

나머지 시간은 기억이 흐릿하다. 어떻게 지나갔는지 모르겠다.

블레인은 왜 쪽지를 가져갔을까? 내가 자기를 좋아해도 상관없다는 뜻인가? 아니면 차마 눈 뜨고는 못 봐주겠다는 건가? 맙소사, 이 멍청하고 어린 여자애가 자기를 좋아한다는 사실에 역겨움을 느낀 걸지도 모른다.

마틴이 불안정한 포즈를 네 번 더 취한 뒤에야 수업이 끝났고, 난 내 평생 가장 빨리 달려 강의실에서 빠져나왔다.

쥐구멍에라도 숨고 싶다.

삐딱한 애들을 상대하는 법

나와 홀리, 브리짓은 서점 쇼윈도 안쪽으로 조심스럽게 발을 내디뎠다.

"먼지가 너무 많아!"

내가 검은색 바지의 무릎 쪽에 묻은 잿빛 먼지를 털어내며 말했다.

"치우다가 거기 있는 거 망가뜨리지 않게 조심하고!"

애덤이 쇼윈도 뒤편 매장 안에서 우리에게 주의를 줬다.

난 착하게 웃어 보였지만, 실수한 것처럼 '굿바이 세일 따윈 필요 없음' 포스터를 뜯어냈다. 속이 후련하다.

우리는 이 바보 같은 포스터를 없애고 쇼윈도를 새롭게 꾸미기로 했다. 밝고 즐거운 분위기로 장식해서 더욱더 많은 사람이 우리 캠페인을 지지하도록 할 것이다.

내가 꽤 괜찮은 아이디어를 생각해 냈다. 직원 사무실에 있던 먼지를 폭 뒤집어쓴 책장을 쇼윈도 쪽으로 옮겼다. 홀리와 나는 낡고 두꺼운 상자에 "베넷을 지키자"라고 크게 쓴 다음 한 글자씩 오려

냈다. 선명하고 눈에 잘 띄는 글자를 플라스틱 받침대에 받쳐 책더미 위에 진열했다. 직원 사무실 구석에 쌓여 있던 오래된 출판사 카탈로그와 서평용 증정본을 잘라 꽃과 하트, 별 모양도 만들었다. 내가 예상한 것보다 결과물이 훨씬 좋았다.

또 메모지 형태로 종이를 좀 잘라서 손님들과 우리가 베넷을 지키고 싶은 이유를 적을 수 있도록 했다. 쇼윈도에 그 종이를 붙여 서점에 드나드는 사람들이 볼 수 있도록 할 것이다. 파커 선생님의 미술 수업에서 만들었던 설치 예술 작품보다 지금 작업한 것이 한결 낫다.

브리짓이 숨을 내쉬며 회색 앞머리를 쓸어 올렸다.

"덥네. 밖에 나가서 어떤지 좀 볼게."

브리짓은 출입문 밖으로 다 나가기도 전에 담배에 불을 붙였다.

쇼윈도 바깥쪽에 선 브리짓이 찡그린 얼굴로 담배를 뻐끔뻐끔 피우며 엄지를 들어 보였다.

홀리의 휴대 전화에서 문자 알람 소리가 났다. 홀리는 빙긋 웃으며 청바지 뒷주머니에서 휴대 전화를 꺼냈다.

"오, 또 제이미야?"

난 쇼윈도 작품이 부서지지 않게 조심하면서 덩실댔다.

"응!"

홀리는 문자를 읽고 곧바로 답장한 뒤, 주머니에 휴대 전화를 도로 집어넣었다.

"페이지, 난 제이미가 정말 좋아."

"홀리, 제이미를 그렇게 좋아하면서 어쩜 그렇게 아무렇지 않을 수 있어? 제이미를 아주 편하게 대하잖아."

"무슨 소리야! 지난번 수업에서 제이미랑 얘기할 때 얼마나 떨었다고. 완전 티 났을 거라고 생각했는데."

여드름 난 십 대 남자애들이 무리를 지어 지나가다 쇼윈도 안의 홀리와 나를 빤히 쳐다보기 시작했다. 이 동네는 애들이 놀 만한 데가 정말 없나 보다.

녀석들은 우리에게 큰 소리로 온갖 잡스러운 욕을 해 댔다. 그중 한 명이 쇼윈도 쪽으로 빈 플라스틱 병을 찼지만 빗나갔다. 녀석들은 혀를 쑥 내밀고 우리를 놀려 대느라 브리짓이 다가가는 걸 전혀 눈치채지 못했다.

브리짓은 녀석들 중 한 명을 서늘하게 노려보며 말했다.

"휴대 전화 줘 봐."

녀석은 얼굴이 빨개지더니 휴대 전화를 삐죽 내밀었다.

"야! 안 돼. 뭐 하는 거야?"

키가 작은 한 녀석이 친구의 팔을 주먹으로 치며 못 미더운 눈빛으로 브리짓을 쳐다봤다.

브리짓은 동그란 담배 연기를 내뿜으며 휴대 전화 화면에 우리 청원 페이지 주소를 입력했다. 브리짓이 담배를 한 모금 더 빨고 나서 말했다.

"자, 친구. 이제 너랑 네 친구들은 여기에 본인 이름, 이메일 주소를 입력하는 거야. 알겠어? 너희가 그렇게 하면 나와 저 소녀들은 일자리를 지킬 수 있고, 빌어먹을, 너흰 서점에서 책을 읽을 수 있는 거지."

브리짓은 녀석의 여드름 난 얼굴을 향해 담배 연기를 훅 내뿜고 미소를 지었다.

"알아들었니?"

확인할 필요도 없이, 홀리도 나처럼 얼굴을 유리창에 밀착시킨 자세였다. 놀랍게도 다른 애들도 휴대 전화를 꺼내 들었다.

녀석들 중 한 명이 내게 윙크를 했다. 난 그 녀석에게 전혀 관심이 없다는 걸 분명히 해 둬야 했지만, 쇼윈도 안에서 녹슨 가위를 든 채 브리짓의 카리스마 넘치는 모습을 보며 감탄하느라 바빴다.

브리짓은 담배꽁초를 바닥에 던지더니 인조 가죽 부츠를 신은 발로 비벼 껐다. 그러고 나서 아무 일도 없었다는 듯 쇼윈도 안으로 돌아왔다.

기회를 놓치지 마

난 속옷만 입은 채로 침대 끝에 앉아 노트북 화면에 집중했다. 옷을 입다 말고 영화배우 레지 예이츠가 출연하는 다큐멘터리에 완전히 빠져들었다. 레지는 우간다에 있었다. 먼지가 풀풀 날리는 도로 옆에 빛바랜 글씨로 '이동도서관'이라고 적힌 고물 트럭이 정차하자, 갑자기 수많은 아이가 달려들었다. 아이들은 책을 품에 안고 미소를 띠며 폴짝폴짝 춤을 췄다. 아이들의 책은 책등이 망가지고 모서리가 많이 접혀 있었다. 아이들은 이런 책이라도 빌려 읽을 수 있어서 너무나 기뻐했다.

여기 그레이스워스에는 책을 접할 수 있는 서점이나 도서관이 충분하다고 말할 수 있을까? 상황에 맞지 않는 의문일 수 있겠지만, 그건 중요하지 않다. 지구상에 이렇게 책을 원하는 아이들이 있는데 어떻게 '책은 충분해. 우리 도시에서 서점은 사라질 때가 됐어.'라고 말할 수 있을까?

"페이지!"

아래층에서 엄마가 불렀다. 엄마는 아침 일찍 시내에 갔다 돌아왔다. 난 물방울무늬 여름 원피스를 마저 꿰입고 노트북을 껐다. 레지 예이츠가 어린 소년에게 학교에서 가장 좋아하는 시간이 언젠지 묻던 참이었다.

주방에서 엘리엇은 초콜릿 맛 시리얼을 먹고 있고, 엄마는 지역 신문 한 부를 손에 들고 있었다.

"취업 지원 센터 가는 길에 뭘 가져왔는지 보렴!"

"오, 세상에! 신문에 났어요? 좀 보여 주세요!"

엄마는 빙그르르 한 바퀴 돌고 나서, '베넷을 지키자' 기사를 펼쳤다.

"와, 우리예요!"

나는 활짝 웃으며 말했다.

"그래. 99펜스 숍이 파운드랜드라는 이름으로 다시 문을 열 거라는 충격적인 뉴스랑 나무에서 발견된 모자에 관한 흥미로운 기사 사이에 있구나."

〈크로니클〉은 좀 재미있는 지역 신문인 만큼 여기에 기사가 실린 것은 우리 캠페인에 도움이 될 것이다. 기사엔 청원 페이지 주소와 새롭게 꾸민 쇼윈도 앞에서 서점 사람들과 함께 찍은 사진이 실렸다. 우리 표정은 모두 제각각이었다. 난 카메라를 똑바로 바라보며 정말 바보처럼 활짝 웃고 있고, 홀리는 화려한 파티에라도 온 것처럼 엉덩이에 한 손을 얹고 입술을 쭉 내밀고 있다. 예쁘게 보이려고 애썼는데 효과가 있었다. 브리짓은 쉬는 시간에 담배를 피우지 못하고 촬영하는 것이 마음에 안 들어 험상궂은 얼굴을 했고, 애덤은 눈을 감았다. 토니는 평소 모습대로 짜증과 불만이 뒤섞인 표정이었다.

내가 엘리엇에게 말했다.

"엘리엇, 가위 좀 갖다 줄래?"

"음, 싫어."

아직도 열세 살 난 남동생은 내 애완용 노예가 될 수 없다는 사실을 받아들이기 힘들다.

"어휴, 알았어."

엄마가 취업 지원 센터에 가면서 겪은 '웃긴' 얘기를 들려주는 동안, 난 우리 캠페인 기사를 방에 붙여 놓으려고 신문에서 오려 냈다.

"페이지, 잘했어!"

엄마가 내 어깨를 감싸 안으며 말했다.

"이렇게 잘 해내다니, 정말 자랑스럽구나."

"그래, 잘했어. 누나."

엘리엇이 히죽거렸다.

"누나가 완전 괴물처럼 나온 사진이라서 아쉽긴 하지만."

"야!"

난 신문 기사를 카메라로 찍어 블로그와 베넷의 트위터 계정에 올리고, 내 인스타그램과 페이스북 프로필 사진으로 설정했다. 해시 태그도 꼼꼼히 달았다.

그러고 나서 홀리에게 전화를 걸어 홀리가 전화를 받을 때까지 기다렸다. 홀리는 가장 좋아하는 노래로 벨 소리를 바꾸는 게 취미

이고, 그게 홀리가 전화를 늦게 받은 이유다. 홀리는 부재중 음성 메시지 서비스로 넘어가기 직전까지 벨 소리로 설정한 음악을 계속 듣고 있는 거다. 설정한 노래가 어떤 곡이든 거기 맞춰 춤을 추고 있을 홀리의 모습을 상상하니 웃음이 났다.

"홀리! 신문 봤어? 우리 기사가 실렸어!"

"그럼! 난 페북에서 봤어. 물론 내가 〈크로니클〉에 실린 게 처음은 아니지만."

그렇다. 홀리는 2학년 때 학교에서 개최한 애완견 배설물 방치 금지 포스터 그리기 대회에서 우승했다. 홀리가 그린 포스터는 공원 표지판에 게시됐다. 홀리네 집에는 사인펜으로 울고 있는 개똥을 묘사한 그림을 손에 든 홀리 사진이 자랑스럽게 걸려 있다. 앞니 두 개가 빠진 홀리의 모습은 더없이 웃기면서도 사랑스럽다. 이 사진은 마치 짓궂은 토크 쇼 진행자가 자신의 토크 쇼에 초대한 유명 인사를 당혹스럽게 할 양으로 그 사람의 과거를 파헤쳐 얻은 것과 같은 사진이지만, 홀리는 과거를 절대 부끄러워하지 않는다. 홀리는 처음 만난 사람들한테도 그때 이야기를 들려준다.

"나 지금 출발할 건데, 바로 나올 수 있어?"

"그럼! 좀 이따 봐!"

내가 현관 앞에서 신발을 신으며 말했다.

"엄마, 저 지금 나가요. 홀리랑 같이 수를 만날 거예요. 캠페인 슬로건 티셔츠 제작하는 걸 도와준다고 했어요."

"그래, 잘 다녀오렴! 기자들이 널 쫓아다니지 않았으면 좋겠구나.

네가 얼굴이 알려졌으니 말이다. 멋진 차에 타고 내릴 때에는 속옷 꼭 챙겨 입어야 하는 거 잊지 말고!"

"우리 청원 서명 운동에 1000명이 동참한다면, 난 발가벗을 수도 있어요!"

거짓말이다. 내가 그럴 일은 절대 없다.

시민 불복종

수가 라디오 스위치를 켜자 작업실에 FM 라디오 소리가 울려 퍼졌다.

"청원 페이지에 이메일 주소를 사용할 수 있게 허락해 줘서 감사해요."

"감사하기는. 도움이 됐다니 기쁘구나."

수가 검은색 잉크 통 뚜껑을 열며 말했다.

난 '베넷을 지키자' 슬로건 티셔츠가 있어야겠다고 생각했다. 온라인으로 살펴본 한다하는 캠페인에는 모두 슬로건이 들어간 티셔츠가 있었다. 홀리와 애덤에게 의견을 물었더니 좋다고 했다. 이미 인터넷으로 흰색 민무늬 티셔츠를 대량 구매한 터라 참 다행이었다.

"자, 이리 와 봐."

수는 여기저기 물감이 튄 앞치마를 두른 홀리와 내게 실크 스크린하는 법을 알려 줬다. 수가 테이블 위로 몸을 기울여 스퀴지를 잡고 가슴 쪽으로 훑어 내리자, 스텐실 사이로 물감이 얇게 찍혀 나왔다.

"이렇게 재빨리 힘껏 훑는 거야."

홀리와 난 수가 첫 번째로 완성한 '베넷을 지키자' 티셔츠를 경이로운 눈빛으로 바라봤다.

"너무 멋져요!"

내가 감탄하자, 수가 '거봐, 내가 뭐랬어.'라고 하듯 한 발 물러서며 허리에 손을 얹었다.

"자, 이제 너희가 해 봐. 새 티셔츠를 밑에 깔고 팽팽하게 쫙 펴야 해."

작업실 문 앞을 경비원이 왔다 갔다 했다. 수는 경비원이 그냥 지나칠 때까지 실크 스크린 작업을 마무리하는 척했다.

"사실 너흰 여기 들어오면 안 되거든."

내가 스텐실 위로 물감을 찍어 낼 때 수가 말했다.

"작업실 사용 허가를 정식으로 받았어야 했는데. 뭐, 어쩔 수 없지!"

수가 얼굴을 찡그렸다.

"시민 불복종이라고 생각하지 뭐."

"어……. 시민 불복종이 뭐예요?"

홀리가 좀 어리둥절한 표정으로 물었다. 나만 이런 말을 처음 들어 본 게 아니라서 다행이었다.

"특정한 법의 준수를 거부하는 행위를 말해. 평화적인 방식의 정치 운동이지. '비폭력' 방식으로 기존 질서에 저항하는 거야."

난 저항 정신을 담은 슬로건 티셔츠와 평화로운 정치적 운동에 대한 아이디어에 아주 흡족해하며 실크 스크린 틀을 들어 올렸다.

홀리네 집에 왔다. 홀리는 자신이 사랑해 마지않는 소설 《나는 살인자다》 1권을 내게 건넸다. 내가 얼굴을 찡그리는 걸 홀리도 봤다. 홀리와 달리 난 사람이 죽어 나가는 섬뜩한 범죄 스릴러를 전혀 좋아하지 않는다.

"페이지, 제발 한번만 읽어 봐. 너도 완전히 빠져들 거야."

"어…… 알았어."

두툼한 책을 무릎 위에 올려놓고 광고 문구를 대충 훑어보며, 관심 있는 척하려고 노력했다.

"난 이 책에 관해 진지하게 얘기 나눌 사람이 필요해."

"폴라 윌리엄슨."

내가 작가의 이름을 큰 소리로 말했다.

"아, 폴라는 천재야. 베넷이 문을 닫으면 그레이스워스뿐만 아니라 나도 고통받는다는 걸 폴라가 알아줬으면 좋겠어. 난 이 시리즈의 마지막 편이 꼭 필요해. 근데 학교 도서관에서는 들여놓지 않을 거야. 엄청 폭력적이거든."

이 책은 정말 내 취향이 아니라고 백만 번째 얘기하려고 입을 떼려는데, 홀리가 사진을 찍자고 했다. 홀리는 순식간에 홀러덩 웃옷을 벗고 캠페인 티셔츠를 입더니 앞쪽으로 매듭을 지어 묶었다. 슬로건이 살짝 가려지는 대신 홀리의 통통한 배가 드러났다. 그리고 나서 금빛 메탈 액세서리를 꺼내 몇몇 활동가들이 하는 것처럼 목에 둘렀다. 난 소매를 말아 올렸다. 그렇게 하니까 내 분홍색 팔에 헐렁하지는 않았다. 홀리는 셀카봉을 마치 치명적인 무기라도 되는 것처럼 과장된 몸짓으로 길게 늘였다. 셀카봉을 든 사무라이 같았다. 우리는 우리가 직접 만든, 저항 정신이 담긴 티셔츠를 입고서 카메라 앞에서 입을 삐죽 내밀고 사진을 찍었다. 홀리는 그 사진을 캠페인 블로그에 올렸다.

배신자의 등장

"홀리!"

홀리가 엄마 차 트렁크 안에 무거운 쇼핑백을 아무렇게나 던져 넣고 있었다.

"페이지! 여기서 뭐 하는 거야?"

홀리는 대형 마트 뒤편 주차장을 어슬렁거리는 게 정상은 아니라는 듯, 얼굴을 찌푸리며 웃었다.

"너 전화 안 받길래 너희 집에 전화했더니, 다니엘이 네가 여기 있대서."

내가 홀리에게 주려고 챙겨 온 '베넷을 지키자' 티셔츠를 펼치며 말했다.

"우리 청원에 서명한 사람이 거의 1000명이잖아. 이제는 시내에 나가서 서명을 받는 게 어떨까 해. 사람들을 직접 만나서 서명을 부탁하자. 마지막으로 분발해서 목표를 달성하는 거야."

내가 인도 위로 폴짝 올라서며 말을 이었다.

"같이 할 거지?"

"지금? 오늘 하자고?"

"응. 왜? 안 돼?"

무슨 다른 일이 있는 건가?

"홀리, 우린 목표 서명 인원수를 채워야 해. 우리 청원에 대해 의회에서 답변하는 데에 5일 걸린다고 했잖아. 벌써 월요일이야. 베넷 폐점 예정일까지 딱 일주일 남았어. 100명만 더 서명하면 되는데 그걸 못 채워서 캠페인을 망칠 순 없잖아."

난 대답을 기다렸지만 홀리는 날 보며 눈만 깜빡거렸다.

"이것 좀 봐!"

내가 '활동 일지'라고 적힌 분홍색 파일을 펼치며 말했다.

"그냥 사람들한테 이 종이에다 이름이랑 이메일 주소, 서명만 받으면 돼."

홀리 엄마가 운전석에 앉아 백미러로 우리를 쳐다봤다.

"하지만, 오늘 오후엔 안 돼. 너도 알지? 나 제이미랑 약속 있잖아."

홀리가 제이미랑 만나기로 한 걸 잊은 건 아니다. 우린 홀리가 데이트에 뭘 입고 가야 할지 심도 있게 논의했었다. 하지만 오늘이 바로 그날이란 건 깜빡 잊고 있었다. 타이밍이 정말 안 좋다.

"음, 알았어. 제이미랑 어디서 만나기로 했어? 그전에 나 좀 도와줄 순 없어?"

"페이지."

홀리가 내 어깨에 손을 얹고는 이제 그만 현실을 받아들이라는 눈빛으로 쳐다봤다. 홀리가 논리적으로 날 설득하려 한다는 걸 잘 안다. 그렇다고 그게 기분 나쁘지 않은 건 아니다.

"제이미랑 공원 안 카페에서 만나기로 했어. 지금 집에 가서 준비해야 해. 쇼핑하느라 땀을 너무 흘렸어. 친구야, 나 샤워도 해야 한다고. 내 머리 꼴 좀 봐!"

홀리는 픽 코웃음을 쳤다. 공원은 시내에서 멀리 떨어져 있기 때문에 홀리가 날 도울 방법은 없다. 나는 홀리가 내 마음을 알아차렸으면 해서 주차장 바닥에 깔린 자갈을 발로 찼다. 하지만 홀리는 제이미를 만나러 갈 거라는 걸 확실히 했다.

"거기 아이스 라테 최고로 맛있는 거 잘 알잖아! 제이미랑 공원 새장에 있는 흰 알비노 공작새도 구경할 거야."

"그 새 이름은 스파클 3세야."

난 부루퉁한 얼굴로 말했다. 홀리와 제이미가 세상에서 가장 희한한 새를 보며 완벽한 하루를 보내는 동안, 난 이 동네에서 도움받을 친구 하나 없이 외톨이가 될 거라는 사실에 실망스러웠다. 그래, 제이미는 괜찮은 앤 것 같다. 그래, 제이미는 온몸에 인스타그램 필터를 적용한 것처럼 잘생기기도 했다. 하지만, 그래도 그렇지…….

"남자 때문에 우리 의리를 저버리다니 정말 너무한다. 됐어."

생각보다 훨씬 더 비아냥거리는 목소리가 튀어나왔다. 홀리가 날 쏘아봤다.

"뭐라고? 네가 갑자기 낸 아이디어 때문에 내가 모든 걸 포기하길 바란 거야? 안 돼, 페이지. 내가 선약이 있다는 거 너도 잘 알고 있잖아."

"어휴, 어쨌든 알았다고."

홀리가 캠페인도 나도 안중에 없이 남자를 선택하다니 믿을 수가 없다. 난 뒤돌아 내 갈 길을 갔다. 더는 매달리지 않겠어. 더 큰 물고기를 잡으러 가야지. 아, 채식주의자 여러분, 여기서 '물고기'는 은유적인 표현이에요.

"페이지!"

홀리가 내 뒤통수에 대고 소리쳤다.

"이렇게 재수 없게 굴 필요는 없잖아!"

홀리의 말에 무수히 많은 날 선 종잇조각으로 온몸이 난도질당하는 것 같았다. 난 걸음을 멈췄다.

"세상에! 홀리, 나한테 지금 재수 없다고 한 거야? 썩어 빠진 아이스 라테나 목에 콱 걸려 버려라!"

난 머리끝까지 화가 치밀어 시장 광장을 향해 내달렸다. 비가 오던 어느 토요일 오후, 온기가 남아 있는 자동차 옆에서 홀리와 내가 서로 부둥켜안고 소금 맛이 나는 이상한 과자를 사 먹었던 바로 그 오래된 시장 광장이다. 할머니용 팬티와 잠옷을 파는 가판을 지나고, 휴대 전화 공 기계를 취급한다는 광고판을 둘러싼 채 앉아 있는 녀석들도 지나쳤다. 난 홀리에 대해 누구도 생각지 못할 온갖 고약한 말을 쏟아냈다.

결국, 콜먼 문구점 앞까지 왔다. 혼자서 서명을 받으려면 클립보드가 필요했다. 사람들에게 서명이 필요한 이유와 함께 구체적인 내용을 알려 주려면, 지금보다는 좀 더 전문적으로 보여야 한다. 삐뚤삐뚤한 앞머리를 하고 방금 절친한테서 버림받은 열여섯 살 패배자로 보여선 안 된다.

설마 꿈은 아니겠지

콜먼 문구점의 오래된 문을 밀고 들어서면 종이 딸랑 울린다.

나처럼 문구류 중독자에게 콜먼 문구점은 알라딘의 동굴이다. 이곳 덕분에 난 새 학기 첫날이 전혀 두렵지 않다. 새로운 학기가 시작되면 문구점은 새 학용품과 산뜻하게 잘 깎은 연필로 가득 채워지는데, 난 여기에 푹 빠져 정신을 못 차리기 때문이다. 이곳은 비좁고 조용하며, 진열장이 너무 높아 꼭대기나 구석에 뭐가 있는지 알 수 없다. 포스트잇과 딱풀로 만든 미로 속 같기도 하고, 수학여행 때 가 본 저택의 매듭진 모양으로 가꾼 정원 같기도 하다. 또 공포 영화 〈샤이닝〉에 나오는 호텔 같기도 하다. (다행히) 이곳엔 폭설도, 섬뜩한 아이도, 정신 나간 살인자도 없다.

나는 진열장 통로를 걸으며 필요한 것들을 천천히 찾아보았다. 스케치북, 형광펜, 그리고 경품 응모권이 필요했다. 콜먼 문구점에는 (심지어 경품 응모권까지) 모든 게 다 있었다.

연필깎이, 사인펜, 독특한 모양의 지우개, 라벨 출력기도 있다. 난 라벨 출력기를 정말 갖고 싶다. 흑, 갑자기 너무 슬프네. 그리고 필통. 필통은 많으면 많을수록 좋다. 솜털이 보송보송한 강아지 모양 필통을 살펴보고 있는데, 뒤에서 누군가 날 불렀다.

"페이지?"

필통을 꽉 쥔 채, 소리가 나는 곳으로 몸을 돌렸다. 그때 가방으로 플라스틱 통을 치는 바람에 안에 담긴 특대형 압정들이 진홍색 카펫 위로 확 쏟아졌다. 내가 미처 손쓰기도 전에 마치 색종이 조각처럼 흩어졌다.

오, 이런! 블레인이잖아.

블레인은 쪼그려 앉아 내가 어질러 놓은 바닥을 치웠다. 여기서 블레인을 만나다니, 난 너무 놀라 들고 있던 강아지 필통을 꽉 쥐어짜 숨통을 끊어 놓고 있었다.

존 스타인벡의 소설 《생쥐와 인간》의 주인공 조지조차도 내게 이렇게 외칠지 모른다. '정신 차려, 페이지! 그 불쌍한 애를 내려놔.'

"블레인, 미안! 난 단지 널 보고 좀 놀라서⋯⋯. 같이 치우자."

무릎을 구부려 바닥에 떨어진 뾰족한 압정을 몇 개 주웠다.

"서점 소녀가 나타나 여길 어지럽히면 그걸 치우는 게 내 일이지."

블레인은 거드름을 피우며 히죽거렸다. 블레인 얼굴이 정말 가까이 보였다. 블레인의 작은 귀걸이가 형광등 불빛에 반짝였다. 눈부시게 아름답다. 난 지금 애니메이션에 나오는 것처럼 턱이 툭 하고 떨어질 것만 같다. 블레인이 일어섰다. 정말 키가 크다.

"네가 여기서 일하는 줄 몰랐어."

피가 머리 위로 솟구치는 걸 느끼며 나도 자리에서 일어났다.

난 블레인이 유니폼 입은 모습을 감상했다. 이런 너절한 유니폼을 입고도 이토록 아름다울 수 있는 존재를 이제껏 한 번도 본 적 없다. 빨간색 나일론 조끼가 이렇게 잘 어울릴지 누가 알았을까? 블레인은 클립 모양이 들어간 끔찍한 타이를 매고 있었지만, 왠지 더 잘생겨 보이기까지 했다.

문득 블레인을 마지막으로 봤던, 쪽지를 잘못 전한 치명적인 실수를 했던 지난 포저 수업이 떠올랐다. 난 그때 기억을 떨쳐 내려 애썼다.

"나 여기서 아르바이트해. 대학 근처이기도 하고. 뭐 찾고 있었던 거야?"

"아, 그게……"

여기 왜 왔더라?

"클립보드! 클립보드가 필요해. 여기 있니?"

"그럼. 이쪽이야."

모눈종이와 필기구, 스테이플러가 꽉 들어찬 통로를 따라 블레인 뒤를 바짝 쫓았다.

"근데 클립보드로 뭐 하려고?"

블레인이 선반 한쪽으로 기대어 내가 다양한 문구를 꼼꼼히 살펴볼 수 있도록 공간을 만들어 줬다.

"아, 캠페인에 필요해서. 내일까지 서명을 좀 더 받아야 해. 시내에 가서 서명을 받을 거야."

난 홀리 생각이 나서 말을 잇기가 힘들었다.

"페이지, 왜 그래?"

"아, 내 절친 홀리가 도와줬으면 했는데…… (홀리가 나한테 재수 없다고 했어.) 홀리는 좀 바빠서, 나 혼자 하려고."

"그래? 도움이 필요한 일이야?"

블레인이 어깨를 으쓱하며 말했다.

"15분 뒤면 일 끝나는데, 도울 일 있으면 내가 도울게."

오, 세상에! 콜먼 문구점 직원들에게 알립니다. 클립보드 통로를 깨끗이 치워 주겠어요? 심각한 오염이 발생했어요. 그곳에 엄청난 감동이 흘러넘쳤거든요.

그럼, 좋아! 좋고말고! 백만 번 좋아!

"그래 주면 좋지. 고마워."

정말 엄청나게 절제된 대답이다.

클립보드 값을 계산하려는데 50펜스가 모자랐다.

젠장. 난 동전을 찾으려고 가방을 뒤졌다. 가방에서 생리대가 튀어나와 카운터 앞에 떨어지는 일이 없도록 조심하면서.

"됐어."

블레인이 내가 먼저 건넨 돈을 카운터 현금 출납기에 집어넣으며 말했다.

"고작 50펜스잖아."

콜먼 문구점은 일에 있어서 좀 느슨한 것 같다. 베넷에서 이런 차액 발생은 절대 용납이 안 된다.

"일 끝나고 봐. 밖에서 기다려 줘. 알았지?"

문구점 밖으로 나오면서 내 행복에 겨운 발에 걸려 넘어질 뻔했지만, 난 아무렇지 않은 척했다. 이 상황이 현실인지 확인하려고 살짝 손목을 꼬집어 봤다. 지금 나 페이지 터너는 날 만나려는 블레인 헨더슨을 기다리고 있다.

최악의 상황

블레인이 날 좋아하지 않는다면 이곳에 나와 같이 있지 않을 거야. 블레인이 누드 드로잉 수업 시간에 내가 준 쪽지 때문에 정말 구역질이 났다면, 지금 나랑 같이 이런 걸 하지도 않을걸!

"여기서 시작하자!"

내가 집에서 직접 만든 청원서를 새로 장만한 '공식' 클립보드에 끼우며 제안했다. 시장 광장에서 익숙하게 풍기는 양파 튀김 냄새가 블레인과 나를 감싸 안았다.

"그래."

난 블레인을 직접 쳐다보는 걸 피했다. 대신 카페 창문에 비친 블레인의 모습을 계속 주시했다. 블레인은 흩날리는 진한 머리카락을 쓸어 올리며 매력적인 표정을 지었다. 또 나일론 조끼 대신 가죽 재킷으로 바꿔 입었다. 내가 블레인이라면 사물이 비치는 모든 것에 내 모습을 비춰 볼 것 같다.

오후 시간, 시장 광장은 바쁜 사람들로 가득했다. 난 모든 사람에게 다가가기로 했다. 꽤 많은 사람이 우리를 자선 단체 직원으로 오해하고는 대화하길 꺼렸다. 우리와 얘기하면 모금함에 돈을 넣어야 한다고 생각한 것이다. 하지만 일단 우리가 시장 상인들과 이야기를 나누자, 사람들이 청원에 서명하기 시작했다.

난 '베넷 지키기' 캠페인에 대한 이야기는 내 몫이 될 거라고 생각했는데, 의외로 블레인이 사람들에게 우리가 캠페인을 벌이게 된 '원인'에 대해 매우 열정적으로 설명했다. 블레인은 '권력자'가 베넷을 빼앗는 것의 '부당함'을 묘사할 때, 두 주먹을 불끈 쥐었다. 난 이런 블레인의 행동이 나를 의식한 것인지 궁금했다. 내게 깊은 인상을 주기 위한 거라면 성공이다. 난 감동했으니까. 블레인은 정말 환상적이다. 우린 잘 어울리는 한 쌍인 것 같다.

쇼핑몰 건물에 붙어 있는 시계 종이 울렸다. 블레인과 내가 서명을 받기 시작한 지 벌써 한 시간 반이나 지났다. 우리 캠페인을 지지하는 사람들의 이름과 이메일 주소로 청원서 한 장을 다 채웠다. 목표치에 반쯤 왔다. 한 시간만 더 하면 서명 50개를 채울 수 있겠지.

"블레인, 도와줘서 고마워. 우리 정말 잘하고 있는 것 같아."

난 블레인에게 멋져 보이고 싶어서, 금방이라도 날아갈 것 같은 기분을 내색하지 않으려 안간힘을 썼다. 우리가 새로운 지지자를 얻게 돼 기쁘고, 내가 좋아하는 소년이 나를 도와 이곳에서 이 일을 함께해 더없이 행복했다.

내가 '활동 일지' 파일을 찾으려 가방을 뒤지는데, 블레인이 '베넷을 지키자' 슬로건 티셔츠를 봤다. 내가 홀리에게 주려고 갖고 왔던 티셔츠다.

"이게 뭐야?"

"포저 수업 같이 듣는 수랑 함께 만든 거야."

"이거 내가 입어도 돼?"

그럼! 당연하지! 다 입어. 다!

모든 일이 정말 척척 진행되고 있다. 내가 티셔츠를 건네자, 블레인은 입고 있던 재킷을 벗어 내게 주며 말했다.

"이거 좀 들어 줄래?"

난 블레인의 가죽 재킷을 손에 들었다. 오, 맙소사. 블레인이 셔츠 단추를 푼다. 시장 광장에서, 내 바로 앞에서 말이다.

"어이, 페이지 터너! 너무 빤히 쳐다보는 거 아냐?"

"미안."

난 급하게 발밑에 깔려 있는 매혹적인 자갈로 시선을 옮겼다. 블레인이 슬로건 셔츠를 쫙 펼쳐 머리를 집어넣었다.

"어때?"

황홀하지.

"어, 잘 어울려. 딱 좋아."

"지역 서점을 지켜 주세요!"

블레인은 또 다른 나이 지긋한 여성들의 관심을 끌었다. 그분들은 곧장 블레인의 매력에 빠져들었다.

눈에 확 띄는 선명한 재킷을 입은 환경미화원에게 서명을 받고 있을 때, 블레인이 말했다.

"잠깐, 담배 좀 사 올게."

난 슬러시 기계 안에서 파랑과 빨강 얼음이 소용돌이치는 것을 지켜보며 블레인이 편의점에서 어서 돌아오기를 바랐다. 원곡을 간신히 알아들을 수 있는, 끔찍한 버스킹 소리가 들렸다. 태양이 밝게 빛나고, 광장에 있던 사람들이 엇박자로 손뼉을 치며 모여들었다.

"자, 이거."

블레인이 불쑥 젤리 한 봉지를 내밀었다. 마치 내가 쫄깃쫄깃 과일 맛 달콤이를 좋아한다는 걸 안다는 듯이, 내게 젤리를 주면 무슨 일이 있어도 내가 영원히 자기를 사랑할 거라는 걸 안다는 듯이 말이다.

"와, 고마워."

난 방긋 웃어 보이며, 포장지를 뜯었다.

"너도 좀 먹을래?"

"아니, 괜찮아. 이미 난 아주 달콤해."

블레인이 허공에 대고 내게 키스를 날렸다. 죽음이다.

첫 번째 젤리는 내가 제일 좋아하는 딸기 맛이다! 오늘처럼 행복한 날이 또 있을까?

블레인은 불을 붙이지 않은 담배를 귀 뒤에 꽂고는 나를 잡아당겼다. 그래, 더 좋은 날이 되고 있어.

"왜 그래?"

난 블레인과 내 피부가 닿은 것에 흥분한 나머지 소리를 꽥 질렀다.

"춤추자!"

가방과 클립보드를 바닥에 내려놓고 블레인을 따라 버스킹 중인 광장으로 나갔다. 블레인은 나를 껴안고 노래를 따라 불렀다. 난 웃음을 멈출 수 없었다. 공기 중엔 양파 튀김 냄새가 가득하고, 내 입 안은 딸기 맛 젤리로 달콤하다!

너무 좋아서 이 모든 상황이 믿기지 않았다. 정말 진지하게 이 모든 게 꿈이 아닐까 생각해 봤다. 하지만 만약 이게 꿈이라면, 지금쯤 이상한 일이 일어났겠지. 온몸이 머리카락으로 뒤덮인다든지 하는.

많은 사람이 우리를 구경하러 몰려들었다. 블레인이 입을 비쭉 내밀고 몸을 흔들었다. 마치 저예산 디즈니 영화에 나오는 한 장면처럼 나를 빙글빙글 돌리기까지 했다. 난 빙빙 돌다가 어느새 블레인 얼굴과 가까워졌다. 너무 가깝다. 더는 움직일 수 없을 것 같다. 그런데 블레인의 시선이 내 입술에 머무는 느낌이 들었다. 입술이 너무 건조해 보이는 건 아닌지 모르겠다.

블레인이 여기서 내게 키스를 할까? 시장 광장에서? 버스킹에 맞춰 춤을 추면서?

"이봐!"

스쿠터를 탄 어떤 남자가 블레인과 나의 완벽한 키스 타임을 산산 조각냈다.

"도둑이야!"

무슨 상황이 일어난 건지 깨닫는 데에는 그리 오래 걸리지 않았다. 두 녀석이 탄 자전거가 블레인과 나를 지나쳤다. 그중 한 녀석이 내 가방을 들고 있었다.

"내 가방 돌려줘!"

나는 울부짖었다.

왜 가방을 바닥에 뒀을까? 왜 그렇게 멍청한 짓을 했을까?

"야!"

블레인이 고래고래 소리치며 두 녀석 뒤를 쫓았다.

"돌려줘!"

나도 전력을 다해 뒤쫓았지만, 이내 속도가 느려졌다.

그 후 벌어진 일은 모두 슬로모션이다. 블레인이 두 녀석 중 한 녀석의 목덜미를 확 잡아챈다. 다른 한 녀석이 내 가방에서 휴대 전화를 꺼내고는 나머지 소지품은 가방과 함께 시장 광장의 분수대에 처넣는다.

안 돼!

제발!

그러지 마!

두 녀석은 재빨리 자전거에 올라타더니 전속력으로 달아나 버렸다. 블레인은 녀석들이 사라져 보이지 않을 때까지 욕을 퍼부었다.

난 콘크리트 분수대를 향해 내달렸다. 탁한 분수대 물에 빠진 생리대와 머리끈이 수면 위아래로 까딱거리고 있었다. 난 칭원서가 물 위에 둥둥 떠다니는 것을 보며 흐느꼈다.

모든 걸 망쳤다.

절친의 구원

　난 콧물과 눈물로 범벅이 된 얼굴을 베개에 파묻었다. 창피하긴 하지만, 집으로 돌아오는 길 내내 울었다. 작은 새끼 돼지처럼 계속 훌쩍거렸다. 집에 와서 옷도 갈아입지 않고 지금 이렇게 덜덜 떨며 누워 있다. 휴대 전화도 잃고, 친구도 잃고, 이제 일자리도 잃을 판이다.

　집으로 터덜터덜 걸어올 때, 비가 내리기 시작했다. 지나가는 소나기가 아니라 엄청난 폭우였다. 얼마나 어이없고 극적인지. 국어 시간에 톰린슨 선생님이 날씨에 감정을 이입하는 것을 '감상적 오류'라고 했다. '감상적'이라는 선생님의 말씀은 어느 정도 맞다. 난 딱 그런 기분으로 물이 들어찬 신발을 신고서 역수같이 내리는 비를 맞으며 집으로 걸어왔다.

　대체 무슨 생각으로 가방과 청원서를 땅바닥에 내버려 뒀을까? 완전 정신이 나가 우리 캠페인보다 블레인과 춤추는 게 먼저라고 생각했던 걸까? 내가 정신만 차렸다면 모든 것을 이렇게 망치지는 않았을 거다.

블레인은 머리가 젖는 걸 싫어했다. 결국 내가 분수대에 올라가 소지품을 건져 냈다. 클립보드와 청원서를 물 밖으로 꺼냈지만, 손 쓸 수 없는 상태였다. 덜 젖은 종이도 있었지만, 잉크가 번져서 무슨 글자인지 알 수 없었다.

시끄러운 무전기를 든 경찰들이 다가왔다. 경찰은 내게 분수대에서 내려오라고 했다. 또 블레인이 자전거 탄 녀석을 때리는 걸 본 사람이 있다고 했다. 난 경찰에게 무슨 일이 있었는지 말하지 않았다. 상황을 바꾸기엔 너무 늦었다. 심지어 블레인에게 잘 가란 인사도 하지 않았다. 너무 당황스럽고 화가 났으며, 푹 젖었으니까.

해가 지고 비가 퍼붓고 있다. 내일까지 서명 100개를 채울 수는 없다.

모든 게 끝났다. 다 내 탓이다.

이 절망적인 상황을 조금이라도 바꿀 수 있다고 생각했던 순간으로 돌아갈 수 있다면 좋겠다. 만약 그 순간으로 돌아갈 수 있다면 난 나 자신에게 입 다물라고, 넌 베넷을 지킬 사람이 못 된다고 말해 줄 것이다.

난 몸을 옹송그리고 젖은 어깨 위로 이불을 끌어당겼다. 몸이 작게 쪼그라들면 좋을 텐데. 옷장 위에 놓아둔 먼지 쌓인 인형의 집에 들어가 살 수 있을 만큼 작아졌으면 좋겠다. 작고 작은 플라스틱 의자에 앉고 싶다. 조그마한 피아노를 연주하고 싶다. 그리고 인형의 집 안에 있는 빵집에서 구운 꼬마 바게트를 먹고 싶다. 빌어먹을, 저 안은 모든 게 완벽하겠지. 휴대 전화 도둑도, 분수대 안으로 꿈과 희

망이 처박히는 일도 없겠지.

아……

내 방 꼴 좀 봐. 널브러진 속옷과 헤어스프레이로 쌓은 탑이 어릴 때 가지고 놀던 장난감과 뒤엉킨 이 이상한 박물관 같은 방에서 세상을 바꿔 보려 했다니. 정말 난 최악이다.

엄마가 아래층에서 텔레비전을 보고 있다. 플라스틱 의자가 머리에 낀 암소 이야기를 전하는 지역 뉴스가 들려왔다. 엄마는 내가 남자애와 춤추느라 청원 서명 운동을 망쳐 버린 '멍청한 암소'라는 사실에 100퍼센트 공감할 것이다.

"의자가 머리에 낀 암소가 어떻게 들판으로 나오게 된 것인지 아직 밝혀지지 않았습니다."

난 절망스럽게 신음했다. 보통 때 같았으면 홀리에게 전화했을 거다.

하지만 오늘 아침에 그렇게 싸워 놓고 홀리에게 뭐라고 얘기할 수 있을까? 날 돕지 않는다며 친구에게 죄책감을 심어 놓고선 아주 보기 좋게 망해 버렸다.

홀리가 빌려준 폴라 윌리엄슨의 《나는 살인자다》가 침대 바로 옆에 놓여 있었다. 난 처음으로 그 책을 펼쳤다. 나는 눈물이 맺힌 눈을 깜빡였다. 와, 홀리는 모든 구절에 주석을 달아 놓았구나. 여백에 자기의 의견을 메모해 놓은 것이다. 동그라미를 치고 밑줄을 긋고, 심지어 '좋아하는 희생자' 옆에 하트를 그려 놨다. 난 웃음을 터뜨렸다. 이건 정말 이상한 짓이지만, 정말 홀리답다. 홀리는 뒤 페이지에 살인자가 누구인지 자신만의 추론을 갈겨 놓았다. 난 홀리의 어지러운 글씨 아래 적힌 출판사 이름을 겨우 알아봤다.

노트북을 켜 이메일을 쓰기 시작했다. 이 이메일을 진짜로 보낼 생각은 없다. 99퍼센트 장담한다. 키보드를 너무 미친 듯이 두드려서 오타가 수백만 개 났다. 그러다 보니 이 편지가 실재하는 누군가에게 보내는 진짜 이메일이란 생각조차 들지 않았다.

베스트셀러 작가 폴라 윌리엄슨 님께

걱정하지 마세요. 작가님이 이 편지를 절대 읽지 않을 거란 걸 잘 알고 있어요. 제가 이 편지를 실제로 보내진 않을 거고, 설사 보낸다 하더라도 작가님은 제 절친이 푹 빠진 책을 집필하느라 너무 바쁘겠죠. 제 실패담을 작가님께 전하는 게 무슨 소용인지 모르겠지만, 아무튼 오늘 전 절친에게 재수 없단 소릴 들었고, 블레인과 춤을 췄어요. (블레인은 정말 멋진 애지만, 더러운 물속에서 내 소중한 물건들을 건져 낼 때는 진짜 별로였어요.) 그리고 전 모두가 노력해 왔던 걸 망쳐 버렸어요. 젠장! 엉망진창이 됐어요. 완전히 망했어요.

제 이름은 페이지예요. 그레이스워스의 베넷 서점에서 일하고 있어요. 최근에 우린 임대료를 감당할 수 없어서 베넷을 폐점해야 한다는 통보를 받았어요. 베넷은 그레이스워스에서 가장 멋진 곳이에요. 그래서 너무 가슴이 아파요. 우리는 베넷을 지키기 위해 정말 열심히 노력했어요. 청원 서명 운동도 진행했죠. 제가 망치기 전까진 꽤 잘되고 있었어요. 하지만 이젠 너무 늦어 버렸고, 베넷은 아마 영원히 문을 닫을 거예요. 정말 짜증나요. 여기서 할 수 있는 일이 더는 없어요.

제 절친 홀리는 작가님의 《나는 살인자다》에 푹 빠졌어요. 홀리는 자기가 추론한 내용을 책 여백에 써놨어요. 그리고 올해 말 작가님이 쓴 이번 시리즈의 세 번째이자 마지막 편이 나올 때쯤이면 더는 서점에서 일하지 못할 거라는 생각에 괴로워하고 있죠.

어쨌든 우리 베넷 서점의 상황이 작가님께 전해진 걸 홀리가 알게 된다면, (어쩌면) 절 용서해 줄지도 모르겠네요. 홀리가 베넷 서점에서 계속 일하게 된다면, 홀리는 작가님의 책을 홍보하면서 자기가 정말 좋아하는 이야기를 모든 사람과 공유할 거예요.

뭐, 그렇다고요. 좀 웃긴 얘긴 것 같네요.

그레이스워스 베넷 서점의 페이지 터너 보냄

내용을 다시 읽어 보지 않고 전송 버튼을 눌렀다. 될 대로 되라지. 더 잃을 것도 없잖아.

이불 속으로 다시 들어가려 하는데, 집 전화벨이 울렸다. 동생이 전화 받는 소리가 들렸다. 엘리엇이 내 방문을 두드렸다. 방문에는 바비와 텔레토비 스티커 두 개 반이 붙어 있다. "애도 아니고, 이제 이런 건 필요 없어."라며 뜯어냈던 흔적이다.

엘리엇이 전화기를 건넸지만, 난 조용히 고개를 가로저었다.

동생은 전화기에 대고 말했다.

"지금은 받을 수 없대. 어, 알았어. 그렇게 전할게."

엘리엇이 빛바랜 포켓몬 스티커를 무심코 뜯어내며 계속 통화했다. 분홍색 푸린 스티커만 건드리지 않으면 상관없다.

"알았어. 응. 그렇게 할게. 홀리 누나 전화야."

홀리의 화가 풀렸기를 바란다. 그런데 내가 지금 전화를 받지 않으면 홀리는 분명 다시 화가 나겠지. 난 엘리엇에게서 전화기를 건네받아, 작은 목소리로 중얼거렸다.

"안녕, 홀리……."

"페이지! 세상에! 오늘 시내에서 네게 어떤 일이 있었는지 네 얘기를 듣고 싶지만, 그전에 너한테 사과하고 싶어. 정말 정말 미안해."

홀리 말이 너무 빨랐다. 그레이스워스 반경 5킬로미터 이내의 아이스 라테를 혼자 다 마셔 버린 것 같았다.

"그리고 나 제이미랑 같이 우리 캠페인 서명 엄청 받았어. 100명 이상 서명한 거 같아! 공원 공연장에서 미니 콘서트가 열렸는데, 사람들로 꽉 찼었거든!"

"아, 홀리!"

나는 울부짖었다.

"정말 잘했어!"

다시 눈물이 흘렀다.

"홀리, 넌 정말 최고야! 넌 내 영웅이야! 네가 모든 걸 지켜 냈어!"

홀리가 진심으로 자랑스러웠다. 난 기쁨의 눈물을 흘리며, 내 바보스럽고 유치하며 행복한 방에서 방방 뛰었다. 그러고 나서 전화기에다 입을 맞췄다.

"시내에서 블레인 헨더슨과 함께 보낸 내 초현실적인 하루에 대해 말하기 전에……"

홀리가 전화기 저편에서 흠칫 놀라는 소리가 들렸다.

"네가 제이미랑 데이트한 얘기, 하나도 빠짐없이 들려줘."

직접 행동

난 오늘 저녁 포저 수업에 늦었다. 청원 페이지에 홀리와 제이미가 받아 온 서명을 올리는 데 한참 걸렸고, 자료를 제출하는 데는 더 오래 걸렸다.

강의실에 헐레벌떡 들어섰을 때, 이미 수가 매트리스 위에서 포즈를 취하고 있었다. 그리고 곧바로 묘한 사실을 하나 알아챘다. 내가 늘 앉던 홀리 옆자리에 제이미가 있다는 걸. 다른 의자를 질질 끌어다 자리를 잡았다. 기분이 정말 이상했다.

난 여전히 숨이 찼지만, 수의 살집 있는 뒷모습을 스케치하며 수업 진도를 따라잡으려고 애썼다.

"자, 좋아요. 수, 수고했어요. 이제 좀 쉬세요."

클라이브가 이젤 선반에 펜을 내려놓으며 말했다.

"차 한잔하면서 잠시 쉴까요?"

벌써 쉬는 시간이야? 생각보다 훨씬 더 늦게 왔네.

블레인이 의자에서 일어서며 내게 말을 걸었다.

"분수대에서 나와서 잘 말리고 왔구나."

"블레인, 그 얘긴 재미없는 것 같아."

내가 대답했다. 어제 난 블레인에게 완전히 망가진 모습을 보였다. 애처럼 울면서 물속에서 생리대와 산산조각이 난 꿈을 건져 냈었지.

"미안. 그렇게 가 버려서. 경찰 때문에 곤란하진 않았어?"

"풋, 전혀. 난 짭새들은 겁 안 나. 그 사람들은 꼭두각시지. 부속품일 뿐이라고."

블레인은 낮게 으르렁거리고는 불을 붙이지 않은 담배를 물고 윙크했다. 그러고 나서 으스대는 걸음으로 강의실 밖을 향했다. 구제신발을 신은 발로 페인트가 벗겨진 바닥 위를 가볍게 걸었다. 나의 블레인은 여전히 멋있다. 하지만 홀리는 가죽 재킷을 입은 블레인의 뒷모습을 쳐다보며 얼굴을 찌푸렸다.

"홀리, 왜 그래?"

"난 아직도 정말 어이가 없어. 따지고 보면 블레인이 분수대에 네물건을 처넣은 거잖아. 그걸 다시 건져 낸 건 결국 너고."

"홀리, 블레인 짓이 아니야. 그건 자전거 탄 녀석들이……"

"뭐, 거의 그런 거라고."

홀리는 실눈을 뜨고서 못마땅하단 듯 연필로 스케치북을 톡톡쳤다.

"블레인 헨더슨을 잘 모르겠어. 믿음이 안 가."

제이미가 숨죽여 웃으며 우리 대화에 끼어들었다.

"무슨 말인지 알아. 블레인은 좀 가식적인 것 같아. 자기 자신을 너무 사랑하지."

뭐라고? 난 홀리가 제이미 앞에서 이런 말을 하는 것이 정말로 달갑지 않다. 언제부터 제이미가 우리 소녀 그룹의 보이지 않는 세 번째 멤버가 된 거지?

수가 가운을 걸치고 우리 쪽으로 다가왔다.

"우리 소수파 서점 활동가들, 새로운 소식은 없어?"

"드디어 청원서를 제출했어요!"

난 환호성을 질렀다. 그러고 나서 문득 이런 생각이 떠올랐다. 블레인을 비난해 내게 상처 준 것도 이 사이좋은 커플이며, 우리 캠페인을 살리고, 이불 속에서 눈물, 콧물 짜던 날 살린 것 또한 이들이란 것을.

수는 손뼉을 치며 말했다.

"잘했구나! 이제 기다리는 일만 남았네."

기다리는 것은 내 적성에 맞지 않는다. 난 크리스마스트리 밑에 떡 하니 앉아 선물을 기다리고, 좋아하는 TV 프로그램의 스포일러 영상을 검색해 찾아보는 성격이다.

"그렇다고 너무 오래 기다리기만 해선 안 돼."

수가 자기 눈을 찌르는 머리카락을 정리하며 말했다.

"직접 행동에 나서야 할 수도 있어. 시 의회가 너희의 청원에 관심을 두지 않는다면, 직접적인 캠페인을 벌여야 해. 그렇게 되면 시 의회는 주의를 기울일 수밖에 없지. 너희의 메시지가 전달되지 않았다면, 더 강력한 방식을 취해야 하는 거야."

"더는 착하게 굴 필요 없는 거네요!"

홀리가 무슨 말인지 이해했다는 듯 웃으며 말했다.

"그렇지만, 질서 있게, 평화롭게 해야 해."

수가 명확하게 설명했다.

"원칙을 잊어서는 안 돼. 그다음 직접 행동이 있는 거야. 시민 불복종의 한 방식이지."

블레인과 클라이브가 담배를 피우고 강의실로 돌아왔다.

"여러분, 다시 시작하죠. 수, 어떤가요? 긴 포즈로 할까요, 아니면 짧은 포즈?"

난 스케치북에 대충 선을 그어 수와 닮은 느낌을 주는 흔적을 남겼다. 내가 스케치를 했다는 증거였지만, 사실 다른 생각을 하느라 수는 안중에 없었다.

홀리와 제이미는 어떻게 블레인이 가식적이라고 생각할 수 있지? 믿음이 안 간다고?

이 커플은 블레인을 잘 모르는 것 같다. 블레인은 이 동네의 멍청한 녀석들과는 전혀 다르다. 블레인은 내가 일하는 곳에서 내가 좋아하는 책을 모두 읽는 소년이다. 블레인은 예술을 사랑하며 지적인 아나키스트다. 내게 블레인은 완벽하다. 블레인과 난 함께할 운명이 분명하며, 홀리와 제이미 커플도 이제 이 사실을 받아들여야 할 것이다.

난 수업 시간 내내 블레인을 몰래 훔쳐봤다. 한편으로 내 머릿속엔 직접 행동이라는 단어가 맴돌았다. 결혼식에서 술에 취해 빙빙 돌며 춤추는 사람들처럼 말이다.

그래, 직접 행동이 필요해.

공개서한

홀리와 난 서점 카운터 뒤에서 홀리의 금이 간 휴대 전화 화면을 주시했다. 지난주 홀리가 업로드한 베넷 지키기 영상의 조회 수가 수백 건이 넘었다. 우리를 지지하며 행운을 빌어 주는 사람들의 댓글이 여전히 올라오고 있었다.

"시 의회에서 연락 오길 기다리는 거 너무 힘들어."

난 불만을 터뜨렸다. 시 의회에서 우리 상황이 얼마나 긴박한지 진지하게 생각하지 않는다는 사실에 정말 화가 치밀었다.

"페이지, 테이크 댓의 게리 발로한테 배운 게 없니?"

애덤이 농담을 던졌다.

"넌 게리 발로가 노래한 작은 '페이션스'가 부족해."

"테이크 댓? 게리 발로? 그게 무슨 말이에요?"

내가 눈살을 찌푸렸다. 애덤은 고개를 가로저으며 홀리와 내가 농담을 이해하기엔 너무 어리다는 걸 깜빡했다고 말했다.

"청원서 제출한 지 겨우 이틀 지났어. 답변을 받는 데 최대 5일까지 걸릴 수 있다고 지침에 나와 있잖니."

"하지만 우린 시간이 없다고요!"

난 시계라도 찬 것처럼 손목을 톡톡 두드렸다. 본사의 믹 모건 씨가 3주 전 통보한 내용에 따르면, 이번 주가 우리에게 남은 마지막 주다. 난 몹시 애가 탔다.

수가 포저 수업에서 직접 행동에 관해 얘기한 순간부터, 초조하게 대답을 기다리는 대신 다른 무언가를 해야 할 필요가 있다고 생각했다.

"그건 그렇고. 여러분, 제가 공개서한 초안을 작성해 봤어요."

오늘 아침에 갈겨 쓴 내용이 적힌 노트를 펼쳤다. 그때 애벗 씨가 하얀 콧수염에 분홍색 체리 에이드를 묻힌 채, 카운터로 다가와 물었다.

"양돈에 관한 신간이 있나?"

지금은 신간을 들이지 않는다고 이미 설명했지만, 애벗 씨는 이해하지 못했다.

"애벗 씨, 죄송해요. 돼지에 관한 신간은 없어요."

미소를 보이며 최대한 공손하게 응대하려고 애썼다. 이 상황이 얼마나 지속될지, 또 애벗 씨가 그다음 어떤 말을 할지도 정확히 알고 있었다.

"내가 자네보다 돼지에 대해 더 많이 알고 있는 것 같군!"

애벗 씨는 창백한 눈을 반짝이며 미소를 띠었다.

"네, 네. 그렇게 말씀하실 것 같았어요."

애벗 씨는 지팡이에 기대고 서서 한숨을 내쉬었다. 한여름인데도 방수 소재로 된 두꺼운 누비 재킷을 걸치고 있었다.

홀리와 나는 애벗 씨가 창가 자리로 느릿느릿 되돌아가는 모습을 지켜봤다.

"근데, 아까 말한 거 뭐야? 공개서한?"

홀리가 물었다.

"응, 맞아. 얼마 전에 인터넷에서 사회 운동에 관한 내용을 찾다가 알게 된 거야. 불편을 초래한 당사자한테 직접 편지를 보내는 거야."

"셰일리와 샬럿 에번스처럼 말이지?"

홀리가 웃으며 말했다. 그래. 8학년 때, 우리 반 여자애 둘이 가게 옆에서 크게 싸운 적이 있다. 이 싸움은 셰일리가 자기 남자 친구에게 문자를 보낸 샬럿에게 화를 내면서 시작됐다.

"오, 맞아. 바로 그런 거야! 그때, 샬럿 에번스가 자기 페이스북에 셰일리를 비난하는 긴 글을 올렸던 거 기억해?"

"응, '난 네 남자 친구와 언제든 만날 수 있어! 걔 참 쉽던데.'라고 했었지."

홀리가 옛 친구들의 이야기를 아주 생생하게 재현했다. 서점 CCTV가 작동했다면 난 이 장면을 돌려 보고 또 돌려 봤을 것이다.

"샬럿이 셰일리에게 불만이 뭔지, 그래서 앞으로 어떻게 할지 명확하게 썼었잖아. 우리도 그 글을 다 읽고, 무슨 일이 일어나고 있는지 전부 알게 됐고. 공개서한은 그거랑 비슷한 거야."

"멋진데!"

홀리가 신이 나 손뼉을 쳤다.

"우리가 진행했던 청원 서명 운동과 우리를 향한 사람들의 지지, 또 도심 재개발 계획 때문에 생기는 엄청난 손실에 대한 내용을 담아서 시 의회에 공개서한을 보내는 거야."

"그래, 그러자!"

"우리 홈페이지랑 블로그에도 공개서한을 올려서 다른 사람들과 공유하자. 많은 사람이 이 내용을 알게 되면, 시 의회는 이 문제를 해결해야 한다는 압박감을 느낄 거야."

애덤이 고개를 끄덕이고 턱수염을 쓰다듬으며 말했다.

"시 의회는 베넷이나 이 구역 소유권은 없지만, 서점을 없애려는 계획을 막을 수 있는 영향력과 권한은 있지."

"맞아요! 시 의회는 시민들이 시내에 서점이 있길 바란다는 사실을 전달할 책임도 있고요. 우리가 청원 서명 운동을 진행해서 그 사실을 증명했죠."

난 뿌듯한 마음으로 환하게 웃었다.

"그뿐 아니라, 시 의회는 베넷이 폐점되면 사라지는 일자리 수, 또 우리가 '도심 재개발' 때문에 시내에서 밀려나는 상점이란 사실도 알아야 해요. 단지 비싼 임대료 때문에 영업을 못 하고 내쫓기는 거잖아요."

내가 홀리에게 공개서한을 쓴 노트를 건넸다. 홀리는 내 어지러운 글씨를 대강 훑어보고는 씩 웃으며 말했다.

"좋은데!"

토니의 결정

내가 열려 있는 매니저 사무실 문을 똑똑 두드리자, 토니가 책상에서 고개를 들었다.

"무슨 일이지?"

"토니, 프린터 좀 쓸 수 있을까요? 매장에 있는 건 결국 뻗어 버렸어요."

토니가 눈을 깜빡거렸다.

"음, 공적인 일로 쓰는 거니?"

아휴. 예전에 딱 한 번, 홀리 사물함에 붙여 주려고 남자 배우 사진을 몇 장 출력하다 토니한테 걸린 적이 있다. 그것 때문에 토니가 이런 질문을 하는 거다. 난 이 오명을 평생 씻지 못할 것 같다.

"100퍼센트 공적인 일이에요."

난 우리 공개서한을 더 출력하려고 한다. 지난 며칠 동안 공개서한이 SNS에서 널리 공유됐다. 이제는 시내에 나가 배포할 생각이다.

"그래. 사용하렴."

토니가 자리에서 일어났다. 내가 컴퓨터를 쓰는 동안 토니는 주위를 서성였다. 공개서한을 출력하는데, 토니 책상 위 코르크로 된 메모판에 붙은, 끝이 둥글게 말린 사진 한 장이 보였다. 사진 속 토니는 (안경 사이즈로 봐서, 90년대 초인 것 같다.) 여러 개의 트로피를 들고서 정말 환하게 웃고 있었다. 내가 토니를 안 지 얼마 되진 않았지만, 이제껏 내가 봐 온 토니는 늘 정신없고 스트레스 많고 불행해 보였다. 그래서 토니가 웃는 모습이 너무 부자연스럽게 느껴졌다. 마치 온몸의 핏줄이 훤히 다 비치는, 깃털이 나기 전인 분홍색 대머리 아기 새처럼 말이다. 그것이 새(또는 우리 매니저)라는 점은 분명하지만, 왠지 좀 어색했다.

"이 사진은 언제 찍은 거예요?"

"뭐?"

내가 토니를 성가시게 했나 보다.

"아, 그거. 몇 년 전 시상식에서."

토니가 사진을 뜯어내고는 캐비닛 위에 쌓아 놓은 책을 만지작거렸다.

"무슨 상을 탄 거예요?"

토니는 알아들을 수 없는 말로 중얼거렸다.

"뭐라고요?"

"올해의 서점인 상이라고."

토니는 짜증이 나고 당황스러운 듯했다.

"와, 축하 드려요!"

"음, 고맙구나."

토니가 코 위에 걸친 금이 간 안경을 고쳐 썼다. 잘 몰랐던 토니의 모습을 하나 더 발견했다. 우리 모두가 그랬던 것처럼, '올해의 서점인' 상을 받았던 토니 역시 즐겁게 이 일을 시작했다. 하지만 지금 토니는 경영난에 허덕이며 심한 압박을 받고 있다.

브리짓이 사무실 문을 신경질적으로 두드리더니, 들어와도 좋다는 대답을 듣기도 전에 성큼 들어섰다.

"토니, 도움이 필요해요. 할아버지 한 분이 의자에다 실수했어요. 제가 처리하지 못해 죄송해요. 큰 걸 보신 거라."

토니가 손으로 은발 머리를 감싸 쥐었다.

"빌어먹을!"

난 토니가 당장 폭발해 버릴까 봐 걱정됐다. 그렇게 되면 브리짓과 내가 손님의 오물과 함께 토니의 내장도 깨끗이 치워야 한다. 하지만 우린 아직 그런 일을 할 준비가 되어 있지 않았다.

토니가 숨을 깊게 들이쉬고는 벽장을 열어 씩씩거리며 청소 도구를 찾기 시작했다.

"이런 게 본사에서 우리에게 기대하는 바로 그런 행동이지! 젠장. 사람들은 여길 화장실로 생각하고 있어!"

브리짓과 난 입을 꾹 다물고 토니를 지켜봤다. 마침내 토니가 노란 걸레와 소독제 한 병을 꺼내 들었다.

"자, 가 보자고!"

토니와 브리짓이 떠나고 사무실에 혼자 남았다. 난 시원한 물 한

잔을 손에 들고 책상 뒤 토니의 회전의자에 기대앉았다. 마치 내가 이곳의 주인인 것처럼.

웩!

맙소사!

들고 있던 잔을 들어 쭉 들이켰는데, 내 물이 아니었다. 이건 차갑고 쿰쿰한 냄새가 나는 토니의 커피였다. 아, 정말 토할 것 같다! 난 본능적으로 잔에다 도로 커피를 뱉었다. 구역질이 나서 컴퓨터 키보드 위에 침을 질질 흘렸다. 아, 토니 침과 내 침이 섞이다니. 토니 입술이 닿은 데에 내 입술이 닿다니. 난 토니의 사무실을 둘러보고는 흠칫 놀라 뒷걸음질 쳤다. 세상에! 제각각 다른 양의 차갑게 식은 커피가 담긴 더러운 머그잔이 백만 개는 있었다.

난 오염되지 않은 내 물을 벌컥벌컥 마시며 토니의 박테리아가 내 몸에서 싹 씻겨 내려가길 바랐다.

그때 사무실 전화가 울렸다.

마치 호르몬 주사를 잘못 맞은 남학생들이 늑대 인간으로 변해 학교를 두려움에 떨게 하는 80년대 공포 영화 같다. 난 손에 온통 털이 나는 대신, 머리카락이 줄어들며 회색으로 변하고, 등이 구부정해져, 서점의 십 대 소녀 직원에게 포악하게 성질을 부릴 것이다.

다시 전화벨이 울렸다. 전화에 응답하는데 내 목에서 토니 목소리가 나오는 건 아니겠지? 3주 된 커피에 이미 감염됐으면 어쩌지. 일단 수화기를 들었다.

"여보세요?"

휴, 아직 내 목소리다! 난 몸을 톡톡 토닥이며, 독이 아직 완전히 퍼지지 않은 사실에 안도했다.

"여보세요? 베넷 서점인가요?"

비음 섞인 여자 목소리였다.

"네, 맞습니다. 여긴 베넷 서점의 매니저 토니 험프리스 씨의 사무실입니다. 지금 매니저가 부재중이라 용건을 말씀해 주시면 전달하겠습니다."

난 비서로서도 훌륭한 자질이 있는 것 같다. 파스텔 톤의 좀 귀여운 옷을 입고, 전화 받는 사이사이 손톱을 다듬어야지.

"그레이스워스 시 의회 청원 위원회에서 연락 드렸습니다."

난 '대박!'이라고 소리치지 않으려고 한쪽 손으로 입을 탁 막았다. 여자가 말을 이었다.

"베넷 서점에서 청원 위원회에 제출한 서류에 연락 가능한 분의 성함이 페이지 터너라고 되어 있는데, 이 이름이 가명인지, 서점 직원의 실명인지 확인할 수 있을까요?"

오, 세상에!

"제가 페이지 터너예요. 베넷 서점의 진짜 직원이죠. 뭐 좀 우스꽝스럽지만, 페이지 터너는 제 실명이에요."

난 기대에 부풀어 웃음을 터뜨렸다.

"그랬군요. 페이지 양, 저는 주디라고 해요. 베넷의 폐점과 철거를 막아 달라는 청원이 접수됐음을 알려 드립니다."

'철거'라는 말에 가슴이 아팠다.

"베넷 서점을 지켜 달라는 수많은 청원과 관련하여 위원회에서는 협의회를 구성해 이 지역의 미래에 대해 함께 논의하기로 했습니다."

"아, 정말 잘됐어요!"

난 글씨가 써지는 볼펜을 찾으려고 토니의 책상을 뒤졌다. 주디가 전하는 중요한 내용을 빠짐없이 기록해야 했다.

"회의는 다음 주 월요일 4시, 베넷 서점에서 열릴 겁니다."

사무실 벽에 걸린 〈내셔널 지오그래픽〉 달력을 보지 않고도, 난 다음 주 월요일이 우리의 영원한 폐점 예정일이란 것을 알고 있다.

난 주디의 말을 열심히 받아 적었다.

"서점 매니저가 회의에 참석해야 합니다. 베넷 서점의 지역 담당 매니저 믹 모건 씨와 현재 서점 건물주인 제프리 칸 씨, 도심 재개발 계획을 추진 중인 시 의원 그레그 시먼즈 씨가 함께 참석할 겁니다."

좋아. 새로운 사람들이 등장했군.

"청원 서명 운동을 진행한 당사자로서 페이지 양과 청원에 동참한 분들은 각자 생각하는 쟁점과 우려되는 바를 표명할 기회가 있습니다. 다만, 모든 사안에 대한 결정권은 회의 참석자들에게 있다는 점을 알려 드립니다."

그러니까, 모든 건 나이 지긋한 남자들이 결정한다는 말씀이군요.

"네, 알겠습니다. 주디, 연락해 주셔서 정말 고맙습니다. 이만 끊을게요."

난 수화기를 내려놓고 토니의 의자에 다시 앉았다.

엄청난 기회다. 며칠 뒤, 이곳을 없애고 싶어 하는 사람들이 한 지

붕 아래, 바로 이 베넷 서점에 모인다. 우리에게 변화를 이끌 진정한 기회가 왔다. 우리는 '직접 행동'에 나서야 한다.

난 골똘히 생각했다. 토니 사무실 벽에 무언가 붙어 있었다. 자세히 보니 작가의 사인을 받은 소설 홍보 포스터였다. 홀리가 촬영한 캠페인 영상에서 토니가 극찬한 힐러리 매킨토시의 소설이었다.

키보드를 두드려 베넷 그레이스워스 지점 공식 트위터 계정에 미친 듯이 접속했다.

트윗 완료!

베넷을 점령하라

동료들이 직원 사무실 커피 테이블에 빙 둘러앉았다. 테이블은 홍차 얼룩으로 뒤덮였는데, 마치 정신 나간 달팽이가 코를 훌쩍이며 뱅글뱅글 맴돌아 생긴 지저분한 흔적 같았다.

우리는 방금 영업을 마쳤고, 이제 퇴근할 시간이다. 보통 이때 모두 가방을 챙기거나 담배를 피우느라 바쁘다. 니키는 편안한 근무용 신발을 벗어 던진다.

난 동료들에게 전할 말이 있으니 퇴근 전 아주 잠시만 시간을 내달라고 부탁했다. 토니가 셔츠 끝부분으로 안경을 닦으며 목소리를 가다듬었다.

"페이지가 여러분에게 할 얘기가 있답니다."

동료들은 걱정스러운 얼굴을 했다. 홀리는 좋아하는 리얼리티 쇼 중 실수로 놓쳤던 에피소드 내용을 얼른 따라잡고 말겠다는 표정이었다.

"아까 토니 사무실에서 전화 한 통을 받았어요."

애덤이 읽고 있던 신문을 접고는 며칠 뒤 바로 이곳에서 회의가 열릴 거라는 내 말을 주의 깊게 들었다.

"난 금시초문인데. 알려 줘서 참 고맙구나."

토니가 투덜거렸다.

"제가 하고 싶은 말은, 베넷에서 회의가 열리는 동안 우리가 뭔가 해야 한다는 거예요. 음, 큰 이벤트를 여는 거죠."

"이벤트?"

"네. 제 계획을 말씀 드릴게요. 베넷을 지키는 일에 진짜 도움이 될 거예요."

홀리가 의자에 앉은 채 몸을 앞으로 숙였다. 그러고는 무릎에 팔꿈치를 대고 미소를 머금었다. 초등학교 시절, 수영 수업에서 내 차례가 되어 수영장으로 뛰어들어야만 했을 때, 홀리가 내게 보였던 미소였다. 홀리 부모님이 안 계실 때, 부엌에서 술을 한잔 따라 주며, 마실지 말지 망설이던 내게 보였던 미소였다. 홀리가 '그래, 잘하고 있어.'라고 날 응원할 때 보여 주는 바로 그 미소였다.

"회의가 열리는 날이자 베넷의 마지막 영업일인 월요일에 우리가 서점을 지키는 거예요."

다들 눈만 깜빡일 뿐 아무런 말이 없었다.

"베넷에서 집회를 여는 거죠. 회의 참석자들한테 우리는 조금도 물러설 생각이 없다는 걸 보여 주는 거예요. 베넷 철거 계획을 재고한다고 할 때까지 이곳을 떠나지 않는 거죠."

"집회? 좋은 생각이 아닌 것 같구나."

토니가 아주 오래전 발행된 〈북셀러〉에 끈적하게 붙은 음식 찌꺼기를 떼어 내면서 언성을 높였다. 두 달 전, 내가 베넷에 면접 보러 왔을 때도 사무실에 놓여 있던 거였다. 토니의 갑작스럽고 예상치 못한 반응 때문에 난 순간 말문이 막혔다. 토니는 내 계획을 완전히 뭉개 버렸다. 동료들은 자리가 불편한 듯 의자를 고쳐 앉았다. 난 동료들을 설득하려고 애썼다.

"집회는 평화롭게 진행될 거예요. 약속해요."

물론 대안도 생각해 뒀다. 난 양복쟁이들을 직원 사무실로 끌고 가는 걸 상상했다. 그 사람들 머리에 총을 겨누고 테이프로 회전의자에 꽁꽁 묶을 것이다. 그러고는 판촉용 가방으로 재갈을 물리고 우리가 원하는 바를 얘기할 것이다. 고문 방법도 생각해 봤다. 정신을 놓고 항복을 선언할 때까지 어린이 코너에 진열된 소리 책의 버튼을 모조리 눌러서 고통을 주는 것이다. 물론, 그렇게 상상만 해 봤다.

"우린 집회를 열어야 해요. 베넷을 지킬 수 있는 절호의 기회예요. 우리를 지지하는 사람들이 베넷에 다 함께 모여 평화롭고, 질서 있게 집회를 여는 거죠. 회의 참석자들한테 우리가 진심이라는 걸 확실하게 보여 주는 거예요. 그렇게 되면……"

"페이지. 그건 절대 안 돼!"

토니가 오래된 잡지 몇 권을 휴지통에 던져 넣으며 단호하게 말했다.

내 안의 모든 것이 부글부글 끓어오르는 느낌이었다. 엘리엇이 보여 준 유튜브 동영상 속에서 봤던 것처럼 말이다. 미국 고등학생들이 장난으로 콜라 병에 박하사탕을 쑤셔 넣고는 뒤로 물러서서 그게 폭발하는 걸 구경하는 영상이었다. 끈적끈적한 설탕 로켓에서 쉭쉭 소리가 났다.

"토니, 죄송해요."

난 최대한 침착하게 말을 이었다.

"지금 토니의 허락을 구하려는 게 아니에요. 그러기엔 너무 늦었어요."

용기를 내 토니에게 맞서긴 했지만, 좀 무서웠다. 토니가 특별히 무서운 건 아니고, 어쨌거나 토니는 어른이고 내 보스니까 위압감이 들었다. 몸속 모든 신경이 경련을 일으킨 것 같았다. 하지만 여기 모인 모든 사람이 날 멍청한 여자애라고 생각하며 비웃을지도 모른다는 두려움에 더는 지체할 수 없었다. 난 홀리에게 휴대 전화를 빌려달라고 했고, 홀리는 아무것도 묻지 않고 휴대 전화를 내게 건넸다. 우리 매니저가 짜증스레 한숨을 내쉬는 동안 난 휴대 전화 화면을 톡톡 두드렸다.

"토니, 이것 좀 보세요!"

토니가 노려본 휴대 전화 화면에 힐러리 매킨토시가 보낸 트윗이 떠 있었다.

"내가 제일 좋아하는 작가잖아……."

토니가 믿기지 않는다는 표정으로 중얼거렸다.

"힐러리가 여기 올 거래요. 우리 베넷에요. 월요일 집회에 참여한대요."

내가 정말 바라던 대로다.

"힐러리는 멀리 살지 않나……. 셰틀랜드던가?"

"네, 맞아요. 오늘 오후에 메시지를 보내서 우리 캠페인에 대해 얘기했더니 베넷에 오겠다고 했어요. 토니, 힐러리가 우릴 지지하려고 여기 와요. 토니도 이제 함께할 거죠?"

토니의 굳은 표정이 누그러졌다.

"토니, 우리 편이 돼 주세요."

"힐러리 매킨토시가 여기 온다고?"

토니는 마치 처음 보는 것처럼 우중충한 직원 사무실을 둘러봤다.

"그래, 알았다."

야호! 성공이다. 토니는 고개를 끄덕이고는 머리를 긁적이며 덧붙였다.

"모든 걸 질서 있게 진행하겠다고 약속해 주렴."

"우리 함께하죠!"

애덤이 외쳤다.

"이 의뭉스러운 천재 같으니!"

홀리가 내 귀에다 대고 소리를 꽥 지르며, 두 팔로 내 어깨를 껴안았다.

"베넷을 점령해요!"

우리는 베넷을 점령할 것이다. 우리는 진짜 베넷을 점령할 것이다. 우리는 최선을 다할 것이다.

문구점의 제임스 딘

일요일이다. 콜먼 문구점의 유리문에 내 모습을 비춰 보며 앞머리를 정돈했다. 문을 밀고 들어서면서 블레인이 오늘 일하는 날이길 바랐다. 하지만 블레인은 보이지 않았다. 링 바인더와 만년필, 왼손잡이용 가위와 수정펜이 놓인 진열장을 지나 복사기가 있는 매장 뒤쪽으로 갔다.

블레인이 유니폼을 입고서 카운터 뒤에 앉아 연필을 깎고 있었다. 내가 헛기침으로 인기척을 내자, 블레인이 고개를 돌렸다.

"안녕."

"어, 안녕 페이지. 잘 지내지?"

"응. 잘 지내. 고마워."

나는 미소를 띠며 말했다.

"복사할 게 좀 있어."

내가 카운터 위에 종이를 늘어놓자 블레인이 앉아 있던 자리에서 일어나 다가왔다.

"그래."

블레인이 작게 속삭였다.

"음, 사실 난 복사기를 사용하면 안 돼. 하지만 네가 부탁하는 거고, 또 정당한 이유가 있으니까 기꺼이 위험을 감수하지 뭐."

블레인의 보조개가 보였다. 블레인의 완벽한 얼굴에 움푹 들어간 보조개에 풍덩 빠져 거기에 살고 싶다.

"하하, 정말 고마워!"

내가 내뱉을 수 있는 말은 이게 다였다. 블레인은 복사기 사용이 금지됐다. 하지만 블레인은 기존의 틀을 깨는 룰 브레이커이며 이유 없는 반항아, 문구점의 제임스 딘이다. 블레인은 아나키스트다.

"근데, 왜 넌 복사기를 사용하면 안 되는 거야?"

내가 과감하게 물었다. 속으로 나 자신에게 격려의 박수를 보내며, 온몸을 감싸고 도는 흥분을 가라앉히려고 노력했다.

"아, 개인적으로 복사기를 사용한 적이 있거든."

블레인은 잠시 머뭇거리다 고개를 끄덕이며 말했다.

"누드 그림을 복사했어."

아! 나는 놀라서 말문이 막혔다. 누드 그림이라. 난 그저 블레인을 지그시 바라봤다. 블레인의 벌거벗은 몸을 상상하지 않으려고 정말 애썼다. 블레인은 수를 그린 그림을 복사했던 걸까? 아니면 코렉텀 씨? 코렉텀 씨의 갈라진 발뒤꿈치를 떠올리자 궁금했던 마음이 사그라들었다. 블레인이 버튼을 누르자 복사기가 웡웡거리며 작동을 시작했다.

"미술 수업 때문에 복사한 건데 여기 사장님은 날 이상하게 생각하는 것 같아."

블레인이 활짝 미소 지었다. 눈부시다.

난 카운터 너머로 복사할 전단과 포스터 원본을 건넸다. 블레인은 내가 "베넷을 지키기 위한 점거 집회 개최! 지역 서점을 지키자!"라고 손으로 쓴 문구를 반짝이는 눈으로 쳐다봤다.

"이건 뭐야?"

블레인이 진지한 얼굴로 날 찬찬히 바라봤다. 난 점거 집회에 관해 횡설수설 떠들었다.

"너도 와 줬으면 해."

난 뭐 별일 아니라는 듯 말하려고 했다. 오든 안 오든 그다지 신경 쓰지 않는 것처럼, 아이스 링크에서 했던 열세 살 생일 파티 이후로 내가 가장 크게 벌인 일이 아닌 것처럼.

"그래, 알았어. 갈게."

그래! 블레인, 함께해! 난 아름다운 블레인 헨더슨과 함께 베넷을 점령할 것이다. 완벽해.

"페이지, 이리 와 봐."

블레인이 카운터 안쪽에 놓인 복사기 옆으로 와 보라고 했다. 난 되묻지 않고 블레인 곁으로 다가갔다.

"양면으로 복사할까? 아니면 단면으로?"

"포스터는 A3 크기 단면, 브로슈어는 A4 크기 양면으로 해 줘."

"아, 브로슈어도 만들었구나. 멋진데."

"고마워."

복사기 뚜껑 아래로 빛이 지나갔다. 블레인이 등을 구부리자 머리카락이 블레인의 눈을 가렸다. 황홀하다. 블레인과 나는 형광펜과 물감으로 이루어진 세상 속에 함께 있다. 블레인과 시선이 마주치자 난 여지없이 녹아내렸다.

정신을 좀 차려야겠다 싶어 옆에 진열된 반짝이는 돌고래 스티커를 집어 들었다.

"너무 멋진데. 난 돌고래가 좋아."

난 콜먼 문구점의 스티커 컬렉션을 인상 깊어 하며 키득거렸다.

"어? 돌고래는 다들 좋아하지 않나?"

"그래. 다들 돌고래가 매우 순하고 귀여운 동물이라고 생각하고 좋아하지. 하지만 조금만 찾아보면 놈들이 얼마나 약삭빠른지 알 수 있어. 사납게 돌변해서 사람도 잡아먹잖아!"

내가 눈을 굴리며 말했다.

"페이지, 그거 너 가져. 서비스야."

"정말?"

난 반짝이는 돌고래를 가슴팍에 품었다.

"어쨌든 스티커 없이는 브로슈어를 못 만들잖아. 브로슈어에 스티커가 없으면 별로지."

포스터와 브로슈어 복사가 다 끝났다. 이제 막 복사기에서 나와 따끈따끈했다. 블레인에게 10파운드짜리 지폐를 건네고 거스름돈을 돌려받았다. 난 다른 말을 꺼내면서 우리 손과 손이 스치는 짧은 순간을 의식하지 않으려고 했다.

"그럼 동지, 우리 내일 볼 수 있는 거지?"

"그래."

블레인이 장난기 어린 미소를 지으며 말을 이었다.

"내게 좋은 생각이 있어."

"그래? 뭔데?"

"기대해 봐."

준비 완료

"모든 소녀는 결혼식 날 공주가 되길 꿈꿉니다."

"아니거든요!"

내가 〈나이트메어 브라이드〉의 또 다른 에피소드 소개 영상이 흘러나오는 텔레비전 화면을 보며 소리쳤다. 엄마가 빨리 감기 버튼을 눌렀다. 우리는 이 프로그램을 수없이 봤던 터라 드레스 때문에 징징거리는 부분은 그냥 건너뛰었다. 불 보듯 뻔하다. 보나 마나 혀 짧은 소리를 하는 여자가 꼴사나운 드레스에 자기 몸을 쑤셔 넣을 거다.

"해피 엔딩일까요?"

"그렇지 않을걸."

엄마가 과자 봉지를 뭉쳐서 텔레비전 화면을 향해 던졌다. 엄마와 난 큰 소리로 웃었다.

"이거 또 봐요?"

엘리엇이 엄마에게 줄 뜨거운 차가 담긴 머그잔을 들고서 조심스럽게 거실로 들어섰다. 동생은 양손으로 잔을 감싸 쥐고 잔 속 우유

거품이 자기 운명을 알려 주기라도 하듯 들여다봤다.

텔레비전 속 신부는 멍청한 약혼자가 고른 드레스가 마음이 들지 않는지 하염없이 흐느꼈다. 우리 셋은 쯧쯧 혀를 찼다.

"깜짝이야!"

소중한 휴대 전화를 도둑맞고 나서, 엄마가 내게 준 아주 낡고 낡은 휴대 전화가 진동과 함께 요란하게 울어 댔다.

"얘야, 제발 정신 좀 차리렴. 네 신랑이 고른 드레스가 그렇게 싫으면 결혼을 안 하면 되잖아?"

엄마가 고개를 가로젓고는 차를 홀짝였다.

"〈크로니클〉의 앨리슨 기자예요."

차 마실 때 꼭 필요한 '리치 비스킷'과 같은 존재인 앨리슨이 내일 집회에 참여하겠다고 연락을 준 것이다.

좋았어! 난 앨리슨에게 활짝 웃는 모습의 이모티콘을 보냈다. 그때 엘리엇이 능글맞게 웃으며 내게 말을 걸었다.

"근데 누나, 방금 오치가 울렸네."

"뭐?"

엘리엇이 날 놀리는 것 같아서 쏘아보며 말했다.

"오치가 뭐야?"

"아이스 맨 오치 말이야. 석기 시대에 죽었고, 얼어서 수천 년 동안 미라 상태로 있었지."

난 눈을 굴리며 엄마에게 물었다.

"오치가 울렸다니, 그게 무슨 말이에요?"

"엘리엇이 자기 휴대 전화를 돌려 달라고 하는구나."

엘리엇은 내가 앨리슨에게 메시지를 보낸 기계장치를 가리키며 툴툴댔다. 난 그저 "하하, 엘리엇. 진짜 웃겼어."라고 말하는 수밖에 없었다.

우리 셋은 다시 텔레비전 화면으로 고개를 돌렸다. 신부의 아버지가 울면서 말했다.

"이제야 네가 정말 자랑스럽구나."

뭐가 어째요? 당신 딸이 누군가와 결혼하는 게 자랑스럽다고요? 오, 이런! 한 남자에게 '소속'되는 계약을 맺는 게 당신 딸의 가장 큰 성취인가요? 당신 딸은 수의사라고요. 위가 네 개나 되는 소를 수술할 수 있는 수의사라고요! 목에 문신한 덜떨어진 남자와 결혼하는 것이 저 여자 인생의 최고의 순간이어서는 안 된다.

난 눈을 내리깔고 내가 원하는 내 인생 최고의 순간은 무엇인지 곰곰이 생각해 봤다. 아마도 내일 밤 베넷에서 열리는 집회가 될 것이다. 그래, 꽤 마음에 든다. 페이지 터너, 도심 재개발에서 서점을 지켜 낸 주인공, 베넷의 구원자.

"방에 가서 내일 필요한 것 좀 챙겨야겠어요."

내가 자리에서 일어서자 엘리엇이 말했다.

"아직 피로연 장면도 안 봤잖아!"

엘리엇은 본인이 말한 것보다 훨씬 더 이 프로그램을 좋아한다.

침실 바닥에 앉아 집회에 참가할 때 가져갈 가방을 꾸렸다.

- 클렌징 티슈 ✓
- 아이라이너, 헤어스프레이, 립스틱 ✓
- 여벌 속옷 한 장, 시리얼 바 한 상자 ✓
- '베넷을 지키자' 슬로건 티셔츠 ✓
- 베개, 침낭 ?

침낭을 찾으려고 침대 밑을 뒤지다가, 몇 주 전 열어 보지도 않고 처박아 뒀던 봉투를 발견했다. 베넷 폐점 통보를 받은 날 집으로 배송된 거였다.

나는 대학 안내서를 꺼내 금색으로 양각된 '케임브리지 예술 대학'이라는 글자를 어루만졌다. 천천히 페이지를 넘기며, 재학생들의 최근 작품과 하얗고 산뜻한 미술 작업실, 터릿이 있는 고풍스러운 학교 건물, 멋지게 콧수염을 기른 미대 강사들의 모습을 바라봤다. 3년 동안 아무것도 하지 않고 오직 그림만 그릴 수 있다면……. 내 꿈은 실현될 수 있을까? 이 세계로 풍덩 뛰어들고 싶다. 이 팸플릿 속에서 살고 싶다.

난 대학에 가서 공부하고 싶을 뿐이다. 그렇게 하려면 돈이 필요하고, 일자리가 필요하다. 내일 모든 것을 잘 해내야 한다.

오, 제발 내일 집회에 사람들이 참여해 주길. 아무도 오지 않으면 너무 창피할 거다. 집회에 아무도 오지 않아 캠페인이 완전히 실패하면 어쩌지? 그건 정말 최악인데. 영원히 난 이 동네를 벗어나지 못하겠지. 밝고 산뜻한 작업실도, 터릿이 있는 학교도, 금색으로 양각된 학교 이름도 내 인생엔 없겠지. 오, 안 돼.

얼굴에 핏기가 가시며 공포에 사로잡힌 난 침대에 누워 가만히 천장을 쳐다봤다. 내 방 천장은 질감이 좀 재밌다. 갓 구운 머랭 같은 느낌이랄까? 아르텍스라는 페인트를 사용한 거라고 했던 것 같다. 천장의 그림자와 뾰족한 돌기, 소용돌이 모양을 올려다보며 숨을 고르려고 애썼다.

"제발, 제발. 내일 모든 일이 잘되게 해 주세요."

누구한테 하는 건지 알 수 없는 말을 혼자 중얼거렸다. 옆으로 돌아눕다 낮에 블레인이 준 반짝이는 돌고래 스티커를 발견했다. 바닥에 놓인 돌고래들은 소리 없이 미소를 지으며 윙크하고 있었다. 스티커를 집어 들어 얼굴 앞에서 흔들어 보았다. 돌고래의 지느러미가 은은하게 반짝였.

블레인 헨더슨은 너무 멋지기만 한데, 홀리는 블레인을 싫어한다. 하지만 어쩌나, 난 좋은걸. 절친이 내가 흠모하는 남자를 좀 나쁜 놈이라고 생각하는 게 정말 그렇게 큰 문제일까? 돌고래야, 말 좀 해 봐! '블레인은 멋진 애야! 홀리가 잘못 알고 있어!'

블레인이 카운터 너머로 내게 스티커를 건넸을 때 정말 매력적이었다. 블레인은 웃을 때 보조개가 생긴다. 또 수의 누드를 그리고 스케치북을 휙휙 넘기던 손. 그 근사한 손으로 내게 귀여운 스티커를 건넸지. 난 복사기 앞에서 나눈 블레인과의 대화를 다시 떠올렸다. 우린 정말 가까이 서 있었다. 내일 집회에 블레인이 꼭 왔으면 좋겠다. 블레인만 있다면 다른 사람은 없어도 그렇게 나쁘지 않을 것 같다. 그럼 블레인과 나, 단둘이 있는 거잖아. 블레인과 내가 밤새도록 서점에 갇히는 거야. 생각만 해도 좋다. 내 상상은 블레인과 함께 웃음 지었던, 블레인의 손이 닿았던 그날, 버스킹에 맞춰 우리가 춤을 췄던 그날로 옮겨갔다. 이 반짝이는 돌고래가 나를 더없이 행복하게 한다. 난 침대에 누워 블레인과 단둘이 서점에 갇힌 상황을 몇 번이고 상상했다.

완전히 몰입해 있을 때, 문자 메시지가 왔다. 홀리였다.

– 칫솔 꼭 챙겨!

침대에서 일어나 머리를 매만지며, 숨을 내쉬었다. 그리고 가방에 칫솔을 챙겨 넣었다.

디데이

집회에 많은 사람이 참여했다. 낯익은 얼굴들로 서점이 가득 찼다. 학교에서 온 사람들이 많았는데, 몇몇 선생님이 희한한 청바지와 운동화 차림으로 돌아다녔다. 교실 밖에선 자신들도 평범한 인간이라는 사실을 우리에게 증명하려는 듯 보였다. 블레인만 빼고 포저 수강생 모두 참여했다. 아마 블레인은 따로 오려나 보다. 화장품 가게·점원과 슈퍼마켓 계산원도 왔고, 휴대 전화 판매점 직원도 몇 명 보였다.

베넷이 사라질 수도 있다는 사실에 진심으로 분노를 느껴 기꺼이 밤을 지새우며 자신들의 뜻을 알리려는 손님들이 있었다. 참여자들은 책을 훑어보거나 플래카드 옆에 서서 서로 이야기를 나눴다.

내 생각은 터무니없는 거였다. 서점을 사랑하는 사람들이 이렇게 많이 모여 지지하는데, 실패를 걱정했던 건 다 쓸데없는 짓이었다.

토니는 가장 좋아하는 작가 힐러리 매킨토시를 만나 감격하면서, 소장하고 있던 힐러리의 소설책에 전부 사인을 받았다. 책등이 쭈

글쭈글하고 페이지마다 손때가 묻어 있었다. 토니의 오래된 애장품이었다.

'베넷을 지키자' 캠페인 기사를 실었던 〈크로니클〉의 기자 앨리슨 위버가 집회 취재를 위해 왔다. 앨리슨은 멋진 카메라에 반짝이는 대형 렌즈를 끼워 넣었다.

난 그 사람들이 도착하기를 기다리며 초조하게 출입문을 쳐다봤다. 집회 참여자들과 재치 있는 문구를 넣은 플래카드가 즐비한 베넷에, 집에서 만든 채식주의자용 간식과 플라스틱 컵에 따른 와인을 즐기며 행복해하는 사람들이 모인 이 베넷에, 이곳을 폐점시키려 하는 세 남자가 들어서는 게 보였다. 세 남자는 한 줄로 서서 토니와 차례대로 악수를 했다.

베넷 본사 매니저 믹 모건 씨는 그레이스워스 지점을 방문한 제프리 칸 씨와 그레그 시먼즈 씨를 향해 반갑게 인사를 건넸다. 한편으론 서점에 모인 많은 사람을 보고 필요 이상으로 겁을 먹은 듯했다.

"사람들이 이렇게 다 모였는데, 우리 뭔가 해야 하지 않을까?"

홀리가 억지웃음을 띠며 내게 말했다. 난 속이 울렁거렸다.

"페이지! 자, 받아!"

애덤이 내게 메가폰을 건넸다. '베넷을 지키자' 슬로건 티셔츠를 입은 애덤의 앙상한 팔이 보였다.

"이게 다 뭡니까?"

믹 모건 씨가 의자 위로 올라서는 날 쳐다보며 토니에게 물었다. 믹 모건 씨는 축구 선수들이 프리킥을 수비할 때 취하는, '남성성'을 보호하는 자세처럼 두 손을 앞으로 모으고 있었다.

"여러분!"

메가폰을 통해 내 목소리가 크게 울렸다.

"잠깐 주목해 주세요."

이렇게 말할 생각은 없었다. 다 메가폰 때문인 것 같다. 사람들을 쳐다보자 몸이 떨렸다. 하지만 홀리가 바로 옆에 있었다. 홀리는 '할 수 있어!'라고 말해 주듯, 두 팔로 내 무릎을 꼭 감싸 안았다.

부모님 목말을 탄 아이들이 새삼 눈에 띄었다. 아이들의 작고 동그란 머리가 어른들 머리 사이사이에 불쑥 솟아 있었다. 내 발치에는 사랑스러운 꼬마 숙녀가 한 명 있었는데 여덟 살쯤 돼 보이고 밝은 주황색 머리였다. 킥보드 손잡이에 플래카드를 붙여 놓고는 찡그린 얼굴로 날 올려다봤다. 토실토실한 손에 《내 이름은 삐삐 롱스타킹》을 꼭 쥐고 있었다.

이럴 때 삐삐라면 어떻게 했을까?

좋아, 시작하자.

어젯밤 늦게까지 휘갈겨 쓴 쪽지를 펼쳤다. 내용을 읽으려는데 손이 떨렸다.

페이지, 다 잘 아는 사람들이잖아. 별거 아니야. 지금 인생에서 가장 중요한 연설을 하는 것뿐이야.

"여러분, 안녕하세요!"

긴장한 탓에 목소리가 떨렸다. 콜록거리며 목을 가다듬었는데, 기침 소리가 메가폰으로 크게 울렸다. 앞줄에 있던 사람들은 아마 귀

청이 떨어져 나갔을 거다.

"오늘 이 집회에 참여해 저희 캠페인에 연대와 지지의 뜻을 밝혀 주신 모든 분께 감사드립니다. 여러분의 성원에 저와 동료들은 매우 행복합니다."

좋아, 페이지. 할 수 있어.

"믹 모건 씨와 제프리 칸 씨, 그리고 그레그 시먼즈 씨 반갑습니다. 우리는 오늘 베넷을 지키기 위해 이 집회를 열었습니다. 우리는 내일도 이곳에서 집회할 것입니다. 필요하다면 모레까지도 집회를 이어 갈 것입니다. 우리는 점거 집회를 하는 것입니다. 베넷을 지키기 위해 우리는 이곳에 머물 것입니다. 우리의 입장은 명확합니다. 우리는 베넷을 폐점하고 이 건물을 철거하려는 '도심 재개발 계획'에 반대합니다."

집회 참여자들은 '도심 재개발 계획'이란 말에 거세게 야유했다. 이 모든 게 연극인 것만 같다. 어쩌면 토니는 회의가 끝나고 여장을 하거나 말꼬리 분장을 하고 나타날지도 모른다.

"오늘 대안이 제시된다면 더없이 감사할 것입니다. 대안은 베넷을 지키는 방향이어야 합니다. 베넷은 이 지역에 하나뿐인 서점입니다. 베넷은 이곳을 꼭 지켜야 한다며 1000명이 청원한 서점입니다."

동료들의 응원 소리가 들렸다.

"이 도시에서 우리가 유일하게 새 책을 접할 수 있는 이곳을 지키는 방향의 '재개발' 계획을 대안으로 원합니다."

난 토니와 양복 입은 남자들을 향해 고개를 돌렸다. 그러고 나서 주먹을 불끈 들어 올렸다.

"베넷을 지키자!"

수가 구호를 외치기 시작했다.

"우리가 원하는 건?"

"책!"

"언제까지?"

"영원히!"

수 주위에 있던 사람들이 호응했다.

난 임시 단상에서 허둥지둥 내려왔다. 긴장감이 오히려 내게 더 좋은 영향을 준 것 같다. 어떤 변화를 일으킬 만큼 내가 제대로 한 건지 잘 모르겠다. 지금은 숨 막힐 정도로 사람들과 부둥켜안기 바빠서 생각할 시간이 없다.

토니가 양복 입은 남자들을 위층의 매니저 사무실로 안내했다. 브리짓이 옆으로 지나가는 그 사람들에게 채식주의자용 간식을 담은 접시를 들이밀자 믹 모건 씨가 움찔하며 말했다.

"오, 아뇨. 됐어요."

이제 기다리는 일만 남았다.

본의 아니게 독특한 집회

분위기가 좀 이상해졌다. 벌거벗은 수가 두 팔을 머리 위로 얹어 포즈를 취했다. 수의 가슴은 정면을 응시하는 슬픈 강아지의 눈처럼 보였다. 엘스페스가 쭈그려 앉아 스케치북을 펼쳤다.

"누드 드로잉 시간입니다!"

제이미가 말했다.

"음, 아니야. 지금 이건 누드 드로잉이 아니라 르포르타주야."

엘스페스가 은반지 낀 손가락을 가로저으며 말했다. 그래. 르포르타주다. 지금 이건 실제 상황이니까. 수는 약속한 대로 직접 행동에 나섰다. 다만 수의 직접 행동이 누드 시위일 줄은 몰랐다. 블라우스를 벗은 수가 책 진열대에 올라서서 외쳤다.

"도심 재개발 계획을 철회하라! 베넷은 우리 삶의 일부다!"

난 수의 공동체 정신과 겨드랑이 털에 감동하여, 사람들과 함께 환호했다.

"음, 이거 허락은 받은 건가?"

애덤이 잇새로 쉭 소리를 내며 말했다. 애덤은 얼굴이 붉게 상기된 채 수의 몸을 똑바로 바라보지 않으려고 죽을힘을 다했다.

수는 '흠' 하는 소리와 함께 걸치고 있던 작은 천 조각을 휙 벗어 던졌다.

"이런 행위가 '허락'되지 않을 수 있죠. '사회'에선 속옷을 입으라고 하니까요. 하지만 이건 '시민 불복종' 행위의 하나예요."

지금 수가 공공장소에서의 누드에 대해 암묵적인 규율을 깨고 있는 것은 분명하지만, 이게 바로 수의 스타일이다. 벌써 여러 사람이 수의 발치에서 스케치를 시작했다. 난 포저 수강생들을 초대하지 말았어야 했나 생각했다. 클라이브가 내 표정을 읽었는지 싱긋 웃으며 말했다.

"천생 누드모델이죠? 어쩌겠어요."

본격적인 누드 드로잉 현장이 분명 싫지 않은 눈치인 클라이브가 테이블 쪽으로 다가가 플라스틱 컵에 값싼 와인을 부었다.

"저 위에서 그 사람들이 회의 중이죠? 시작한 진 얼마나 됐죠?"

"한 시간 정도요."

내가 대답했다. 우린 아직까지 믹 모건 씨와 그 일당에게 답을 듣지 못했다. 난 초조한 마음을 다잡아 보려 했다.

"오, 이게 누구야!"

클라이브가 내 뒤쪽 누군가를 향해 굳은살이 박인 손(일명 예술가의 '도구')을 들어 흔들었다. 멋진 소년이 자전거를 타고 왔다. 블레인이다. 나와 같이 누드 드로잉 수업을 듣고, 날 위해 복사를 해 주며,

내게 스티커도 건넸던 나의 소중한 블레인이다. 약속보다 늦게 온 블레인은 머리부터 발끝까지 온통 검은 옷을 입고서 다른 남자애 네 명과 함께 왔다.

블레인의 정체

"쟤네 대체 왜 저러고 온 거야?"

홀리가 눈썹을 치켜세웠다. 난 블레인에게 달려가 인사하려다 멈춰 섰다. 블레인과 함께 온 남자애 중 한 명이 복면을 쓰고 있었다. 뭘 훔치러 온 것도 아니고, 왜 저런 걸 쓴 거야?

와장창!

블레인이 베넷의 쇼윈도를 향해 벽돌을 홱 던져 유리창이 산산이 조각났다. 평화롭게 집회를 하던 사람들은 서점을 엉망으로 만들어 놓은 남자애들을 피해 뒤로 물러났다.

대체 이게 뭐야?!

"그만! 그만해!"

나는 복면 쓴 남자애를 확 잡아채며 소리쳤다. 녀석이 논픽션 코너 진열대를 엎어 버리는 바람에 페이퍼백이 서점 바닥에 어지럽게 흩어졌다. 블레인은 어떤 책인지 보지도 않고 한 아름 끌어안았다.

"블레인! 대체 뭐 하는 거야? 이게 무슨 짓이야!"

사람들이 비명을 지르고 허둥대며 경찰에 신고하는 난리 속에서, 난 블레인에게 고함을 질렀다. 블레인은 의기양양하게 손을 들어 올리며 말했다.

"폭동이지! 아나키라고!"

"말도 안 돼!"

난 머리끝까지 화가 치밀었다. 어떻게 이럴 수 있지? 어떻게 나한테 이럴 수 있냐고! 지금 이 집회에 모든 게 달렸는데, 블레인이 기회를 날려 버리고 있다. 일을 망치고 있다. 블레인이 낄낄거렸다.

"페이지, 진정해. 작은 소동일 뿐이야. 그 틈에 약탈을 하는 거지. 그게 다야. 너도 사람들의 관심을 끌고 싶은 거잖아, 안 그래?"

"뭔 소리야!"

정말 어처구니가 없다. 뭐, 약탈? 빌어먹을. 누가 서점을 약탈하냐고!

블레인과 같이 온 녀석 중, 큰 키에 자전거 핸들같이 생긴 이상한 콧수염을 기르고 검은색 터틀넥을 입은 녀석이 어깨를 으쓱하며 블레인에게 물었다.

"근데 앤 누구야?"

녀석은 내가 지금 이곳에 있는 게 잘못인 것처럼 날 째려봤다.

"네가 여기서 책을 훔친 게 처음도 아니잖아."

"뭐라고? 블레인!"

녀석이 지금 무슨 얘길 하는 거지? 블레인이 베넷에서 책을 계속 훔쳤다는 거야? 토니가 재고 손실에 대해 말했던 일과 반스 씨가 책을 바지에 쑤셔 넣었던 일이 떠올랐다. 그리고 난 문득 내가 알고 있다고 생각했던 블레인에 대한 모든 것을 의심했다.

"네가 여기서 책을 훔친 게 처음이 아니라고?"

난 분명히 해 두려고 다시 한 번 물었다. 이 마당에 정말 쓸데없는 짓이긴 했지만, 확인이 필요했다. 블레인은 완벽하게 정곡을 찌르는 내 질문에 몹시 화를 내며 눈을 흘겼다.

"난 지금 훔치는 게 아니야. '권력자'가 뺏어 간 내 권리, 자유롭게 책을 볼 내 권리를 되찾는 거야. 페이지, 그러지 말고 혁명에 동참해."

그러고는 입꼬리를 올리며 미소 지었다. 블레인은 지금 자기가 하는 말이 무슨 뜻인지 안다고 믿고 있는 게 분명하다.

"헛소리 그만해!"

내가 소리쳤다.

"권력자라고? 난 권력자가 아니야! 난 너와 내가 틴구라고 생각했어!"

민망하게도 발음이 새서 '친구'를 '틴구'라고 말해 버렸고, 블레인과 같이 온 녀석들이 날 비웃었다.

"진지하게 묻는 건데, 앤 진짜 누구야?"

기다란 프링글스 통을 닮은 아까 그 녀석이 셀카를 찍으며 또 물었다. 그래, 맞다. 녀석은 범죄를 저지르면서 셀카를 찍고 있다. 지금 난 자기중심적인 서능아들을 상대하고 있다.

"블레인, 무슨 생각인 건지 모르겠지만, 이런 짓은 그냥 넘어갈 수 없어. 경찰이 곧 올 거야."

블레인이 바로 날 향해 콧방귀를 뀌며 비웃었다.

물론 분수대 사건이 벌어진 날에 대해 블레인이 했던 말을 기억한다. 분수대 사건이 벌어진 그 망조 든 날! 블레인은 경찰이 무섭지 않다고 했다. 경찰을 '짭새들'이니 '꼭두각시'니 하면서 이 세상에 무서운 것이 하나도 없는 강한 남자처럼 보이려고 했다. 문구점의 제임스 딘처럼 말이다.

블레인 헨더슨은 경찰도, 내 감정을 상하게 하는 것도 두려워하지 않는다. 하지만 다행히 난 블레인이 무엇을 두려워하는지 정확히 알고 있다.

난 주먹을 꽉 쥐고 내 옆에 있던 화재경보기를 세게 쳤다. 유리 덮개가 깨지면서 내 손에서 피가 흘렀다. 동시에 스프링클러도 작동했다. 천장에서 찬물이 뿜어 나오고 사이렌이 울렸다.

이 덜떨어진 절도범들을 미처 피하지 못한 집회 참여자들이 서둘러 출입문을 통해 서점 밖으로 나갔다.

난 분위기 파악 못 하고 셀카나 찍는 나쁜 버릇이 있는 콧수염 난 녀석을 향해 얘기했다.

"네가 다시 묻기 전에 말해 줄게."

내가 '베넷을 지키자' 슬로건 티셔츠를 입은 나 자신을 손가락으로 가리키며 말했다.

"내 이름은 페이지야."

토니와 양복 입은 남자들이 회의를 끝내고 계단을 앞다투어 내려오다 이 아수라장을 봤다.

"대체 무슨 일이냐?"

블레인은 물줄기를 피해 몸을 숙이며 손으로 자신의 소중한 머리를 보호하려고 애썼다. 이 애가 내가 몇 주 동안 푹 빠졌던 바로 그 애라는 사실이 믿기지 않는다. 블레인은 지금 매력적이지도 멋지지도 않다. 그저 끔찍한 머저리처럼 보인다.

"지금 뭐 하는 거야?"

블레인이 머리를 가리려고 책을 집어 들며 내게 물었다.

"내가 지금 뭘 하냐고? 별로 하는 거 없어. 네가 아주 거덜 내려고 작정한 이곳을 지키려고 했던 것밖에 없지! 뭐가 잘못됐어?"

난 블레인이 들고 있던 책을 확 뺏은 다음 대답을 기다렸다. 블레인이 머뭇거려 어쩔 수 없이 내가 계속 말했다.

"무슨 생각으로 쇼윈도를 깬 거야? 바로 옆에 문이 있는데. 게다가 문도 열려 있는데!"

블레인이 내게서 슬금슬금 뒷걸음치더니 깨진 쇼윈도를 통해 서점 밖으로 나갔다.

"블레인, 어떻게 이럴 수 있어? 넌 집회나 캠페인엔 아무런 관심도 없었던 거지? 줄곧 책을 공짜로 봐 왔는데 무슨 상관이었겠어. 네가 이렇게 만들어 버렸지만, 오늘 집회는 네가 생각하는 것보다 훨씬 더 중요해. 이건 실제 사람들이 직면한 문제야. 우리 일자리에 관한 문제라고."

블레인과 나는 시내 서점의 깨진 창을 사이에 두고 서 있었다.

"참, 오늘 모든 게 순조로웠어. 우리는 함께 문제를 해결하려고 열심히 노력했어."

난 눈을 깜빡여 눈물이 나오려는 걸 참았다.

"블레인, 난 베넷에서 일해야 해. 이 암울한 상황에서 벗어나려면 돈을 벌어야 한다고. 이 와중에 단 하나의 좋은 것마저 잃고 나면 상황은 더 암울해지겠지. 시내에서 서점이 사라진다는 게 어떤 의미인지 알기나 하니? 한번 망한 곳에 누가 다시 서점을 열려고 하겠어. 어쩜 이곳은 문화적으로 완전히 낙후될 거야. 책은 우리가 꽤 괜찮은 사람이란 걸 드러내는 수단, 그 이상이야. 책은 해방구이면서 안식처야. 우리가 한 번도 만난 적 없는 사람, 우리가 오로지 자기만의 감정일 거라고 여겼던 걸 글로 옮겨 놓은 사람과 우리를 이어 줘. 책은 우리가 이곳보다 좀 더 넓은 세상을 원할 때 그곳으로 가는 길을 열어 줘. 책은 바깥세상으로 통하는 터널, 그 너머 밝은 빛이 비치는 터널이야. 우리가 베넷을 잃으면, 이 터널이 모두 꽉 막히는 거야. 세상과 통하는 문이 전부 닫히는 거라고. 블레인! 네 한심한 '아나키 소동' 덕분에 우리 캠페인이 모두 물거품이 됐어. 난 네가 멋진 애라고 생각했는데, 아니었어. 넌 그냥 겉멋 든 애송이일 뿐, 아무것도 아니야. 제발 좀 꺼져 줄래! 어쩌다 정말 운 좋게 베넷이 살아나게 되더라도, 넌 여기 얼씬도 하지 마."

난 말을 멈추고 숨을 내쉬면서 블레인의 짙고 푸른 눈을 쳐다봤다. 지금까지 난 내가 생리 중일 때 꼭 찾아가는 초콜릿 가게를 바라보던 눈길로 블레인의 저 눈을 바라봤었다.

블레인이 우리를 지켜보고 있는 사람들로 흘깃 시선을 옮겼다. 모든 사람이 눈을 깜빡거리며 서 있었다. 난 블레인에게 퍼붓느라 정신이 없어서 내 말을 누가 듣고 있는지도 몰랐다. 홀리는 놀라서 손으로 입을 가렸고, 제이미는 휴대 전화로 모든 내용을 녹음했다. 애덤은 스프링클러를 껐다.

〈크로니클〉의 기자 앨리슨이 블레인을 향해 카메라 셔터를 누르는 소리가 크게 들렸다.

"안 돼! 찍지 마!"

블레인은 폭 젖어 꼴이 말이 아닌 머리를 가리려고 애쓰면서 항의했다. 난 블레인이 시내 번화가를 향해 멀리 달아나는 걸 지켜봤다. 토니는 상당히 젖은 메리 베리 여사 광고판을 벌거벗은 수 앞에 일부러 갖다 놨다. 애벗 씨는 비상용 담요를 두르고 있었다. 마치 학교 식당에서 나오는 껍질째 구운 감자 같았다.

쇼핑백을 잔뜩 든 사람들과 유모차를 끄는 사람들, 아이들이 지나가다 무슨 소동인가 싶어 인도에 멈춰 서 있었다.

"우리가 방금 논의한 것이 바로 이겁니다. 이곳은 서점을 원하는 동네가 아니라는 거죠. 당신들은 책을 읽는 것보다는 폭동을 좋아하는군요."

믹 모건 씨가 커다란 손을 격렬하게 흔들며 말했다. 토니는 믹 모건 씨의 의견에 동의하지 않는다는 듯, 또 동시에 수치스러운 듯 고개를 가로저었다.

"잠깐만요, 믹 모건 씨."

그때 남색 정장을 입은 시 의원 그레그 시먼즈 씨가 끼어들었다.

"저는 방금 이 젊은 여성 분이 서점이 이 도시에서 얼마나 훌륭한 역할을 하는지 우리에게 알려 줬다고 생각합니다. 책을 읽는 사람들이 더 나은 사회를 만들죠. 그레이스워스를 위해 제가 하고 싶은 일이 바로 이런 것입니다."

난 '베넷을 지키자' 티셔츠가 축축하게 젖어 몸을 덜덜 떨면서 그레그 시먼즈 씨의 다음 말을 기다렸다.

"현실적으로 현재 예정된 상가 철거 계획이 철회될 가능성은 없습니다. 가까운 시일 내 철거가 진행될 것입니다. 저는 장기적인 관점에서 현대적인 상업 지구 개발이 우리 지역 사회에 도움이 될 것으로 생각합니다."

그레그 시먼즈 씨의 말에 가슴이 찢어졌다.

"하지만, 페이지 양…… 이름이 페이지 맞죠? 페이지 양이 방금 한 말 덕분에 모든 것이 명확해졌습니다. 그레이스워스 시민들에게 서점은 매우 중요하다고 생각합니다. 이제 저는 믹 모건 씨, 제프리 칸 씨와 함께 계속 이 문제를 논의할 것이며, 시내에서 베넷 서점이 사라지는 일이 없도록 최선을 다할 것입니다."

오, 세상에!

건물주 제프리 칸 씨는 목덜미를 문지르며 말했다.

"베넷이 감당할 수 있는 수준으로 임대료 조정이 가능한지 한번 살펴보겠습니다. 베넷에 기회를 주는 차원에서요."

내가 생각한 대로 제프리 칸 씨가 말하고 있는 게 맞나? 우리가…… 해낸 건가?

그레그 시먼즈 씨가 웃으며 말했다.

"아직 공식적으로 해결된 것은 없지만, 이번 캠페인을 위해 애쓴 여러분께 축하한다고 말하고 싶군요."

"그럼, 우리 악수하죠!"

화재경보기를 작동시키느라 다친 손에서 아직 피가 났지만, 나는 양복 입은 남자들의 축축한 손을 꽉 잡았다.

토니가 믿기지 않는다는 듯 두 손으로 얼굴을 감쌌다. 토니는 산산이 부서진 유리와 젖은 카펫, 집회 참여자들이 직접 만든 플래카드를 바라봤다.

"믿기지 않는군! 진짜 해냈어. 청원 서명 운동, 집회, 이런 것들이 다 효과가 있었어."

토니는 미소를 머금고 금이 간 안경 너머로 기쁨의 눈물을 흘렸다.

"페이지!"

홀리가 나를 꽉 붙잡았다.

"정말 멋졌어! 페이지, 우리가 해냈어!"

홀리가 내 뺨에 입을 맞췄다. 난 아직 실감이 안 났다.

그래, 홀리 말이 맞아. 우리가 해냈어!

홀리는 내게 입맞춤을 하고 나서 곧바로 제이미에게도 키스했다. 거의 20분 동안이나. 세상에, 홀리 그냥 둘이 살아.

누군가 휴대 전화로 쿨 앤드 더 갱의 〈셀러브레이트〉를 틀었고, 물에 젖은 집회 참여자들이 환호성을 질렀다.

나는 서점의 깨진 쇼윈도에 기대서서 사람들이 파티를 즐기는 모습을 지켜봤다. 내 인생을 영화로 각색한다면, 아마도 지금이 감상적인 마지막 장면이 아닐까? 초점을 흐리게 해서 슬로모션으로 모든 장면을 담을 것이다. 난 눈물을 머금은 눈으로 조용한 성격에 책을 좋아하는 사람들로 가득한 서점을 바라볼 것이다. 이 사람들은 꽤나 맹렬한 집회 참여자인 것으로 드러났으며, 지금은 춤추고 노래하며, 울고 웃는다.

디스코 음악 소리가 점점 잦아들고 내레이션이 시작될 것이다. 정말 시시할 거라고 생각한 이 따분한 동네에서 여름을 보내며 배운 몇 가지 사실을 말할 것이다.

첫째, 매력적이며 예술을 좋아하는 소년이 서점에 자주 드나든다고 해서 걔가 꼭 괜찮은 애란 법은 없다.

둘째, 가슴과 엉덩이, 손과 발을 그리는 것은 학교에서 파커 선생님과 함께 왁스 칠한 과일을 그리는 것과 크게 다르지 않다. 그러나 수와 다른 포저 수강생들은 먼지 낀 포도송이보다 훨씬 더 매력적이다.

셋째, 이상한 앞머리를 한 서점 소녀가 하는 말이라도 사람들은 들을 준비가 돼 있다는 점이 밝혀졌다. 내가 나를 믿고 나자 사람들도 나를 믿었다.

엔딩 크레디트가 올라가고 수가 내게 뒤뚱거리며 다가와 소시지 빵을 담은 젖은 종이 접시를 건넨다. 한 녀석이 자전거를 타고 지나가며 담배 때문에 걸걸해진 목소리로 외친다.

"서점 얼간이들!"

우리는 모두 손뼉을 치며 녀석을 향해 환호성을 지른다.

"우아!"

녀석은 비틀거리다 얼굴을 찡그리고는 우리 서점 수호단에게 혼 쭐이 날까 봐 속도를 높여 멀리 달아난다.

3개월 뒤

"아무도 못 오게 해!"

내가 뒤에서 망을 보는 홀리를 향해 낮게 속삭였다. 난 사인펜을 쥐고 바닥에 쪼그려 앉았다. 예전 베넷처럼 카운터 뒤쪽이 완벽한 장소인 것 같다.

새롭게 자리 잡은 베넷 서점은 아름답다. 밝고 깨끗하며 통풍이 잘된다. 이케아의 지하 매장처럼 나무와 페인트 냄새가 난다. 새로 깐 보송보송한 카펫은 정말 폭신하며 견고한 서가에는 극장 스타일의 조명들을 설치했다.

홀리와 난 다음 주로 예정된 개점 준비를 도우러 자진해서 새 베넷에 왔고, 일이 끝나면 저녁에 포저 수업에 갈 것이다. 서가에 진열해야 할 흥미로운 새 책이 담긴 상자가 가득했다. 예전 베넷에서 챙겨 온 주전자, 전자레인지, 현금 출납기 같은 것들을 담은 두꺼운 종이 상자도 있고, 액자에 넣은 사인 포스터도 있다. 신문에 실린 사진도 있었는데 직원들이 다 함께 옛날 베넷 건물 앞에서 찍은 것이다.

좀처럼 감상적인 모습을 보이지 않는 토니가 액자에 넣어 걸어 놓겠다고 했다.

새로운 베넷이 아름답긴 하지만, 서점 직원의 그라피티가 없다면 예전과는 다른 서점이 돼 버리는 거겠지? 난 혀를 내민 채로 집중하면서 예전 베넷에 경의를 표하는 흔적을 새겨 넣었다. 홀리가 상자를 뒤지는 소리가 들렸다. 난 홀리에게 망을 잘 봐 달라고 다시 당부했다.

"이건 뭐지?"

홀리가 봉투에 적힌 주소를 보더니 물었다.

"베넷 서점 그레이스워스 지점 페이지 터너 앞. 세상에, 엄청 무거워!"

분명 다른 대학에서 보낸 안내서일 거다. 더 멋지게 양각된 학교 이름과 더 좋은 강의 설명, 더 자세한 일정 소개로 이루어진 안내서겠지. 난 머릿속으로 런던, 브라이턴, 맨체스터, 글래스고 등 내가 갈 수 있는 대학을 쓱 떠올려 봤다.

"근데 이상하네. 이제까지 대학 안내서는 전부 집으로 왔는데, 서점이 아니라."

내가 무릎이 아파 눈살을 찌푸리며 말했다. 홀리도 의아하다는 듯 어깨를 으쓱하고는 갈색 봉투를 뜯었다. 봉투 안에 든 것을 확인한 홀리는 계속 눈을 깜빡거렸다. 그러더니 꺅 소리를 지르며 오줌이라도 마려운 것처럼 폴짝폴짝 뛰었다.

"홀리, 뭔데 그래?"

내가 바닥에 쪼그려 앉아 당황스러워하며 물었다. 사회봉사 명령에 따라 봉사 활동을 하던 블레인 헨더슨을 목격한 이후로 홀리가 이렇게 신났던 걸 보지 못했다. 한때 난 블레인이 멋지다고 생각했다. 하지만 형광 노란색 유니폼을 입고 쓰레기를 줍는 그 애의 모습이 전혀 매력적이지 않았다.

홀리는 믿기지 않는 듯 고개를 저으며 조그마한 카드를 읽었다.

친애하는 페이지 양에게

이메일 고마워요. 페이지가 일하는 서점이 폐점된다니 무척 안타깝군요. 전국적으로 많은 서점과 도서관이 사라지고 있어서 매우 애석하며, 이런 가운데 서점을 지키기 위해 노력하는 페이지 양과 친구들이 대단히 훌륭한 일을 한다고 생각합니다. 그리고 친구 홀리 양에 대해 전해 주었는데, 독자가 제 책을 좋아한다는 이야기를 듣게 되면 늘 겸허해집니다. 3부작 《나는 살인자다》의 완결편 최종 원고 사본 한 부를 동봉하니 홀리 양에게 전해 주세요. 홀리 양이 재미있게 읽고 의견도 써 보길 기대합니다.

행운을 빌어요.

폴라 윌리엄슨

우아!
세상에! 폴라 윌리엄슨이 실제로 답장을 줄 거라곤 생각 못 했다.
"페이지!"

홀리의 눈에 눈물이 그렁그렁했다. 홀리는 손으로 쓴 편지를 손가락으로 계속 어루만지며, 홀로그램이나 신기루가 아닌지 확인했다. 그러고 나서 조금 울더니 깍깍 웃음을 터뜨렸다.

"진짜 믿기지 않아. 넌 정말 최고야. 사랑해."

홀리가 사인펜을 들고 쪼그려 앉은 내 등 뒤로 올라타 나를 꽉 눌렀다. 난 다리가 풀리는 것 같았지만, 쓰던 걸 마저 쓰려고 애썼다. 서둘러야 한다. 토니가 알면 날 죽일지도 모른다.

"젠장! 페이지, 조심해!"

앗, 이런!

"페이지! 대체 뭐 하는 짓이냐?

난 토니가 서 있는 쪽을 돌아봤다. 토니의 머리에 핏줄이 불거졌다.

토니는 상자를 뒤져 노인들이 안락의자에서 실수한 걸 처리할 때 썼던 오래된 소독제 한 병과 노란 걸레를 꺼냈다.

뭐, 반짝이는 새 베넷에서도 절대 변하지 않는 게 있겠지.